Figure du bitume

Matthias Dandois
(avec Franck Berteau)

Figure du bitume

Flammarion

ISBN : 978-2-0804-5356-3

À Mamie Ginette

1

Voyage initiatique

J'ai 18 ans depuis un mois seulement et j'ai l'impression de vivre un rêve de grand. Rien ne peut m'enlever le sourire géant qui envahit mon visage encore adolescent, pas même l'air sévère et suspicieux des agents d'immigration américains, fidèles à leur légende. Je viens d'atterrir aux États-Unis pour la première fois sans mes parents, juste avec mes potes et mon vélo, et je sais que derrière les portes de l'aéroport international Louis Armstrong de La Nouvelle-Orléans, un décor féérique nous attend. Dans la file, j'imagine les buildings s'étirant vers le ciel, les gyrophares et les sirènes des voitures de police et des camions de pompiers, les gens qui grouillent, de jour comme de nuit. La fête. La démesure. J'y pense et je suis surexcité. J'ai déjà oublié que lorsque je reprendrai l'avion en sens inverse quelques jours plus tard, les résultats du bac seront affichés devant le lycée de la Vallée de Chevreuse, à Gif-sur-Yvette (Essonne), en banlieue parisienne, et que de ces résultats découleront mes projets pour la rentrée prochaine. Je suis bien trop happé par le voyage pour m'en préoccuper. Être ailleurs me procure une énergie folle, un sentiment puissant de liberté qui me transcende à chaque arrivée dans un pays étranger. Tout paraît inhabituel et intrigant. Mais ce jour-là, au moment où l'agent d'immigration désagréable me tend enfin mon passeport tamponné, j'ignore à quel point ce périple en Louisiane va se révéler fondateur.

Mes potes, ce sont Alexandre Jumelin et Raphaël Chiquet, deux stars du BMX freestyle, du flatland plus précisément, ou flat, l'art qui nous obsède. Le mettre en œuvre consiste à enchaîner des figures sur un sol plat, sans rails ni rampes ou obstacles en tous genres. C'est comme de la danse mais sur une selle, un spectacle dont la beauté des chorégraphies dépend de la maîtrise de notre partenaire à deux roues. Alex en est un virtuose, le boss de la discipline. On le surnomme le ninja tant il s'exécute à toute vitesse. J'ai des posters de lui sur les murs de ma chambre. Debout sur son vélo, Raph excelle également. À Paris, on envisage de se mettre en coloc tous les deux, cela aussi j'en rêve, quitter Épinay-sur-Orge (Essonne), la ville où j'ai grandi, prendre mon envol. Pourtant tout va bien à la maison, mes parents sont cool, ils me font confiance, y compris pour ces séjours à l'étranger qui commencent à se multiplier. Me savoir entouré de gars plus âgés que moi les rassure, Raph et Alex sont un peu comme mes grands frères. Ils font partie des Stereo Panda, une bande de riders qui dominent notre sport très confidentiel avec leur propre style, leur talent, et même une marque de vêtements qui cartonne dans le milieu et au-delà. Depuis qu'ils ont vu que je me débrouillais pas trop mal, ils m'ont pris sous leur aile. On s'entraîne ensemble dès qu'on peut et on participe à des compétitions aux airs de colonies de vacances dont l'essence demeure mon passe-temps favori : rouler et inventer de nouveaux tricks.

En ce mois de juin 2007, on a traversé l'Atlantique pour s'aligner sur la Voodoo Jam, un contest de flat déjanté en mode show à l'américaine, comptant comme une manche de Coupe du monde. L'épreuve n'existe que depuis trois ans mais elle affole déjà tous les fans de BMX de par son atmosphère singulière, son format aussi, des battles pendant lesquelles tu affrontes un adversaire à chaque tour, du un contre un, en tâchant d'envoyer les meilleures figures dans le temps imparti. C'est surtout le théâtre des hostilités qui détonne. L'événement se déroule dans une boîte de nuit du quartier français de La Nouvelle-Orléans, le Generations Hall. Il est situé non loin des rives du Mississippi, ce fleuve dont le nom exotique embrase encore plus mon âme de voyageur. On ride au centre de la piste, là où d'ordinaire le public se déhanche sur du gros son. Le sol glisse, il fait sombre et chaud mais on peut concourir torse nu si on le souhaite. Pas d'exigences vestimentaires à respecter. Chacun fait comme il veut. C'est ça le freestyle. Les spectateurs sont proches de nous, ça crie, ça hurle et au micro l'ambiance est assurée par Scott O'Brien, l'un des deux fondateurs de la compétition avec Terry Adams, un local de l'étape parmi les meilleurs du monde sur son bike. À l'époque, gagner la Voodoo Jam, c'est le Graal, il n'y a pas mieux sur le circuit. Rien que d'y être, je n'en reviens pas. Je flotte sur un nuage gorgé d'insouciance.

Terry vient nous chercher à l'aéroport. Dans son pick-up, il nous conduit dans la banlieue de La Nouvelle-Orléans, à Métairie, chez Scott, notre camp de base d'où s'enclenche chaque jour la même routine en attendant le début de la compétition. Le matin, on pédale à travers des rangées de maisons multicolores au style colonial, jusqu'à un coffee shop. On petit-déjeune puis on organise des jams dans le garage de notre hôte. On se lance les uns à la suite des autres pour de courtes sessions de practice au milieu des caisses et des cartons, de chaises pliantes suspendues à un pan de mur et de tout un tas d'outils de bricolage disposés au-dessus d'un étal. On est là, tous ensemble, à virevolter en équilibre sur nos pegs – nos repose-pieds, des cylindres en aluminium fixés sur les roues et qui servent de support pour les figures – et les heures défilent. On tente, on tombe, on se relève, on s'encourage. Il y a des gars qui viennent de toute la planète et que je ne connaissais jusque-là que via les magazines ou les vidéos que je matais sur mon ordi. Des pros. J'hallucine d'être parmi eux. Je plane. Encore plus le soir après quelques bières écumées au cours de barbecues qui clôturent nos journées bien remplies, blindées d'émotions pour le gamin à peine majeur que je suis, un môme entouré de jeunes hommes qui en savent déjà un peu plus que moi sur la vie.

Je me sens pourtant à l'aise, à ma place. Dès les qualifications, je roule sans stress ni pression. Ça paye. Je sens bien qu'il y a une hype autour de moi, l'attraction du moment, le petit Français prometteur. L'expression fonctionne pour l'âge mais moins pour la taille. Je ressemble à une grande tige boutonneuse. J'ai poussé très vite, très haut et les potes me surnomment affectueusement le « grand con ». Mes bras immenses pendent jusqu'à mes genoux, j'ai l'allure d'un poulpe tout maigre qui ne sait pas quoi faire de ses tentacules dont certaines sont à moitié cachées par des pantacourts portés façon baggy, le caleçon apparent. Mon corps d'ado m'embarrasse encore. D'ordinaire, les riders de BMX flat sont de petits gabarits favorisés par leur centre de gravité plus bas, et à l'époque je n'ai pas saisi que mes centimètres en trop donneront bientôt à mon style sur le vélo du panache et de l'authenticité. D'ailleurs, mes complexes ne m'empêchent pas d'impressionner mes pairs. J'ai déjà remporté plusieurs compétitions. Tournées en Hongrie l'été précédent, des images de mes tricks font des émules sur YouTube et les forums spécialisés. Tous ces égards renforcent mon ambition et, progressivement, je prends conscience de mon potentiel.

Quelques semaines plus tôt, j'étais fou de rage lorsque j'ai découvert la liste des athlètes invités au Circle of Balance, un contest sponsorisé par Red Bull qui rassemble les seize meilleurs flatlanders au monde. Je n'avais pas été sélectionné et je trouvais cela injuste. Sans doute ma réaction était-elle vaniteuse mais je n'ai pas pu maîtriser ma colère. Je me suis levé de ma chaise, d'un bond, et mon pied s'est pris dans un des câbles de l'ordinateur qui s'est explosé au sol. C'était le PC familial, ça la foutait mal, mais à ce moment-là je ne pensais qu'à cette occasion manquée dans un mélange de fureur et de déception. J'en ai pleuré, puis je suis remonté sur mon vélo afin de m'entraîner encore plus dur, de me préparer pour le jour où je pourrais prouver aux organisateurs qu'ils avaient eu tort de me laisser sur la touche.

Dans la pénombre et le bruit du Generations Hall, alors que la phase finale de la Voodoo Jam s'engage, je me souviens que j'ai encore cette frustration à l'esprit. Là, au milieu des pros, dont la plupart figuraient sur cette fameuse liste d'invités au Circle of Balance, j'ai à cœur de briller.

Dans la boîte de nuit, l'ambiance est incroyable et un frisson d'adrénaline me parcourt. Il y a du monde partout, autour de la piste et à tous les étages. Je passe l'ensemble des tours et je dois affronter Terry Adams, la coqueluche du public, lors de l'ultime battle. Scott O'Brien scande nos noms et les spectateurs s'enflamment. Le petit Français prometteur contre la star locale : ils adorent. Pour moi, c'est irréel. Je suis comme un jeune fan de tennis propulsé contre Rafael Nadal sur le court central de Roland-Garros. Je n'ai pas froid aux yeux pour autant. Je m'élance et je danse sur mon vélo. J'ose des tricks que je n'ai jamais tentés auparavant en compétition et tout me réussit. Un pied sur le peg et l'autre sur le guidon et je tourne, je tourne à l'infini et la rumeur du public gronde. Il règne une électricité de zinzin dans la salle. Je suis exténué mais je comprends que je vais peut-être m'imposer. On est là, tous les deux, Terry et moi, face aux juges et les drapeaux se lèvent. Trois rouges et deux blancs. Ma couleur l'emporte. Je viens de triompher à la Voodoo Jam. À 18 ans. On me saute dessus, on m'enlace, on me porte en héros à bout de bras. Encore aujourd'hui, cette victoire représente la plus forte émotion sportive de toute ma carrière.

La soirée qui s'ensuit est elle aussi mémorable, bien que je ne me rappelle pas de tout. On boit, on danse, on déambule dans Bourbon Street, une rue célèbre pour son effervescence, ses bars, ses restaurants, ses clubs de jazz et de strip-tease à l'entrée éclairée par des néons lumineux, ses noctambules qui s'abreuvent sur les balcons des édifices en jetant aux femmes des colliers de fausses perles pour qu'elles montrent leurs seins. Je suis toujours sur mon nuage, gorgé à présent non seulement d'insouciance mais aussi d'alcool, de succès, de confiance, de toute cette attention portée sur moi. On m'appelle l'élu et j'en suis flatté. J'en profite à fond. Je me lâche. On me prête des cartes d'identité pour que je puisse consommer de l'alcool dans tous les établissements – aux États-Unis, la majorité est à 21 ans – qu'on enchaîne jusqu'à plus soif. La nuit s'allonge et je finis avec une fille qui m'emmène dormir chez elle, ma première fois. C'est anecdotique tant les souvenirs que j'en garde sont épars mais cela compte quand même. Au réveil, j'ai une gueule de bois atroce et je dois retrouver mon chemin jusque chez Scott, faire mes bagages en vitesse, notre vol pour Paris se profile. Dans l'avion, je suis vaseux mais j'ai toujours sur mon visage ce sourire gigantesque, un peu moins adolescent et un peu plus adulte. Partir très loin sans ma famille, gagner la Voodoo Jam, passer la nuit avec une fille, toutes ces premières fois arrivent en même temps et donnent à ce séjour américain des allures de voyage initiatique, un sas de transition vers un nouveau chapitre de mon existence.

À l'aéroport Charles-de-Gaulle, mes parents sont là pour me récupérer. Ma mère attrape mon vélo dans sa housse et s'engouffre dans le RER pour rentrer avec à la maison. Mon père me tend un casque de moto et je grimpe derrière lui direction Gif-sur-Yvette, le lycée de la Vallée de Chevreuse et les résultats du bac. Il slalome entre les voitures et dans son dos j'ai un début de spleen, la bulle de bonheur des vacances éclate. Je reviens à la réalité. Je croise les doigts et je me dis qu'avoir cet examen me permettrait de poursuivre mon rêve, de m'émanciper, d'emménager en coloc avec Raph à Paris, de vivre de mes quelques sponsors, de rider à n'en plus finir, de créer des figures, de progresser, de remporter les compétitions de flat les plus légendaires. Je rejoins des potes devant le lycée. On se dirige vers les listes accrochées au mur, face auxquelles des attroupements se sont formés. Je me fraye un chemin vers les « D » et je cherche, Dandois. Je descends l'ordre alphabétique et enfin je vois mon nom. J'ai le bac !

13,4 de moyenne et mention assez bien. J'aurais pu faire mieux. Le compétiteur en moi est un peu dégoûté mais l'essentiel est assuré. Ça va rouler fort !

2

« C'est mon choix »

Le sport a toujours été au centre de ma vie, un moyen de canaliser mon énergie. Enfant, je ne tenais pas en place et jusqu'à ma révélation pour le BMX, j'ai testé à peu près toutes les activités possibles. Dès l'âge de 3 ans, mes parents m'ont inscrit à la gymnastique, puis est venu le temps du basket, du hand et de l'athlétisme qui m'a fait goûter aux championnats d'Île-de-France de cross-country. Avant de tourbillonner sur mon vélo, je me suis même essayé au breaking, révélateur de mes penchants artistiques. Mais comme pas mal de gosses des années 1990, j'ai longtemps été obnubilé par le foot. Mon père en avait fait pendant quinze ans, il regardait les matchs à la télé et je n'ai pas échappé au virus. On improvisait des buts dans le jardin ou on allait taper dans la balle sur le parvis de la mairie d'Épinay-sur-Orge. Quand il pouvait, il m'emmenait au stade. Les billets pour aller voir le PSG n'étaient pas donnés et puis, avec les bouchons, rejoindre le Parc des Princes depuis notre banlieue pouvait prendre des plombes. Alors, parfois, on optait pour l'Abbé-Deschamps, l'enceinte de l'AJ Auxerre, à une heure trente de route. C'était la grande époque du club bourguignon, celle des soirées européennes orchestrées par Guy Roux, le taulier, qui allait récupérer en personne les joueurs en discothèque et les ballons dans les tribunes. On voyait Djibril Cissé cavaler sur l'aile droite, là-bas on est près du terrain, c'était fou, j'adorais ces moments.

J'ai joué au moins six ans au SCEO, le Sporting Club d'Épinay-sur-Orge. J'étais le seul gaucher de l'équipe et on m'avait positionné au poste de latéral. Dans ma tête, j'étais bon. Je me faisais des films. J'imaginais que le week-end, durant les rencontres, des recruteurs se pointaient incognito le long de la ligne de touche, qu'ils notaient mon nom sur leur carnet après avoir été témoins de mes exploits et que bientôt je recevrais un appel pour me proposer d'intégrer un centre de formation, qu'un jour je serais pro, qu'il y aurait une vignette avec ma tronche dans les albums Panini que je collectionnais. J'y croyais à mes conneries. On m'inscrivait à des stages pendant les vacances de Pâques, dont un à 9 ans labellisé « Michel Hidalgo », dans la Sarthe. Dans le dortoir, je dormais dans le lit du haut, sans barrières, et une nuit je me suis réveillé par terre, aux pieds d'un pote qui essuyait du sang autour de moi avec son pyjama. Dans ma chute, je m'étais cassé un bout de dent et ouvert la lèvre. On a dû m'accompagner à l'hôpital à trois heures du matin pour me faire recoudre. Fin de stage. Comme quoi, il y a des signes qui ne trompent pas.

J'attendais avec impatience les tournois de printemps, ceux qui durent plusieurs jours, calés sur les ponts de l'Ascension et de la Pentecôte. On recevait les équipes de jeunes des grands clubs, de Strasbourg, de Bordeaux, de Marseille. On en hébergeait certains à la maison. Le soir, ils mangeaient à notre table et le lendemain, ils nous mettaient 12-0 mais on était contents. Pas notre entraîneur. Il fulminait. Il nous gueulait dessus. Il nous disait qu'on jouait comme des filles. Nous portions une tenue rouge et, à force de le laver, un de nos jeux de maillots avait viré au rose. Quand notre prestation ne lui convenait pas, il nous forçait à les revêtir au match suivant en nous faisant bien comprendre qu'arborer de telles couleurs, c'était la honte. Un enfer, ce type. J'espère vraiment qu'aujourd'hui, dans n'importe quel sport, des gamins ne sont plus encadrés par des pseudo-coachs avec une telle mentalité.

Lors de l'un de ces tournois, nous y avons eu droit, aux cris, aux remarques sexistes, aux maillots roses. On disputait une dernière rencontre pour justement ne pas terminer dans les méandres du classement. La finale des nuls. Gros enjeu. À l'adolescence, on y met déjà de l'orgueil, peut-être même davantage qu'à l'âge adulte. Un partout à la fin du temps réglementaire. Séance de tirs au but. C'était serré et c'est à moi qu'est revenue la responsabilité de tirer l'ultime pénalty. Si je ratais, on perdait. J'ai trop fermé mon pied et le ballon s'est dirigé du mauvais côté du poteau. Je me suis effondré, encore plus en voyant tous mes coéquipiers s'écrouler autour de moi, dépités. Associé à la stupidité de l'entraîneur, ce loupé a fini de me dégoûter. Allez hop, fin de carrière. Marre du foot.

Avec toute une bande de copains, on a donc décidé de passer à autre chose, et d'un coup nos modèles n'étaient plus des gars en short courant après un ballon mais des Américains complètement fêlés, les Jackass – qu'on pourrait traduire en français par un mélange de casse-cou et de benêt. Diffusée sur MTV, leur émission a cartonné au début des années 2000. Anciens skateurs pour la plupart, ils se mettaient en scène en train de se victimiser les uns les autres à coups de défis, de gags et de cascades débiles. On les a vus tester de la super glue sur leur propre corps, traverser un parcours du combattant armés de pistolets électriques au voltage dément, se catapulter tels les projectiles d'un lance-pierres avec des rollers aux pieds ou encore se faire arracher une dent par une

Lamborghini démarrant en trombe. « Jackass », c'était le royaume de la vanne et du n'importe quoi, des martyres de l'absurde. Bien sûr, le programme avait ses détracteurs. Certains adultes étaient persuadés que ces attardés allaient pervertir leurs progénitures, les inciter à se mettre en danger. Aux États-Unis, certaines saisons de l'émission ont même été en partie censurées. Il n'empêche que « Jackass » s'est érigé en élément incontournable de la pop culture de l'époque, et qu'on en raffolait.

On matait ça chez Damien. Ses parents avaient une grande maison et le sous-sol était aménagé pour lui, avec ses consoles de jeux et une télé. On descendait munis de nos bouteilles de Coca, de nos paquets de bonbons et de gâteaux et on pouvait rester des heures devant les rediffusions de leurs facéties, avec nos fous rires d'ados et nos envies rebelles. Dans nos cerveaux de mômes de 12 ans qui avions l'impression de se faire sans cesse pourrir par les profs, l'entraîneur de foot et les diverses formes d'autorité, il y avait une dimension cathartique à voir ces trentenaires réaliser tout ce qui leur passait par la tête sans personne pour leur dicter leur conduite, sans règles ni sanctions. Forcément, on a monté notre crew nous aussi. On l'a baptisé « Riders in the shit » alors qu'on n'avait jamais rien fumé mais peu importe, ça sonnait bien. On se mettait dans des caddies de supermarchés et on se jetait contre des murs. On se prenait en photos en montrant nos fesses avec les appareils jetables que nos parents nous filaient pour partir en colo, et on rigolait d'avance en imaginant la réaction de ceux qui les développaient. On allait aussi aux Templiers, un grand parc aux airs de forêt à l'ouest d'Épinay-sur-Orge. On y construisait des cabanes, on grimpait aux arbres en se suspendant à des branches, on décrochait de grandes bottes d'épis de blé dans le champ d'un agriculteur et on se battait avec, rapidement recouverts de terre et de fleurs. Dès qu'on pouvait, on se filmait pour imiter nos idoles. En quelques mois, Johnny Knoxville et Bam Margera – les leaders des Jackass – avaient pris dans nos cœurs la place de Djibril Cissé, Zidane et Ronaldo.

Cette nouvelle identité nous arrangeait bien. Dans la cour du collège, il n'y avait pas trente-six solutions pour exister, être populaire aux yeux des autres et surtout des filles. Au-delà de la majorité docile et silencieuse, deux clans s'exprimaient, dotés de leurs panoplies respectives. D'un côté, les mecs au style cité, qu'ils en proviennent ou non d'ailleurs. On les remarquait à leur démarche chaloupée, leurs baskets Air Max façon Requin et leurs chaussettes remontées par-dessus leur jogging, leur sacoche en bandoulière. De l'autre, les riders, leurs Vans et leurs vêtements amples, leurs cheveux pleins de gel et de teintures colorées, avec pour fantasme Avril Lavigne – une chanteuse américaine au look de skateuse – et dans les oreilles The Offspring, Sum 41 et Blink 182, des groupes de pop rock aux accents punk que j'écoutais en boucle. Voilà, ça c'était nous, fascinés par ce pan de la culture US au point d'en épouser presque tous les clichés. On était fiers d'avoir enfin trouvé notre truc, une alternative au foot, activité que nous jugions désormais ringarde. Damien, Lucas et Mathis faisaient du roller, Olivier s'essayait au skateboard et moi bientôt au BMX.

J'aimerais raconter que mon coup de foudre pour ce vélo étrange a surgi ainsi mais non, il y a eu un autre déclic, sur le papier bien moins sexy que ma bande de potes et les Jackass. Un mercredi midi, seul à la maison, j'ai zappé à la télé sur l'émission « C'est mon choix », un programme de France 3 présenté par Évelyne Thomas et dans lequel des invités venaient témoigner de leur trajectoire de vie, de leurs passions, de leurs choix justement, que le public interrogeait, approuvait ou remettait en cause par l'intermédiaire de l'animatrice. Sur le plateau ce jour-là, il y avait Sébastien Bonnot, alias Woody, un pro de BMX flat. Devant l'écran, je l'ai regardé se livrer à une démonstration, faire tourner son bike dans tous les sens, sauter au-dessus de plusieurs personnes allongées sur le sol, déclencher les applaudissements des spectateurs présents. Ensuite, posé dans un fauteuil, il s'est confié sur sa ferveur pour sa discipline et moi je ne décrochais plus. Je buvais ses paroles. Je trouvais incroyable tout ce qu'il disait ressentir et ce qu'il arrivait à faire avec son BMX, parvenir à la fois à l'utiliser pour se déplacer mais aussi pour effectuer ce genre de tour de magie dont j'ignorais l'existence. Je crois qu'à cet instant, une partie de moi se visualisait déjà en train de reproduire les mêmes acrobaties avec au bord du spot mes copines, impressionnées ; elles m'intéressaient finalement davantage que mes recruteurs de foot imaginaires.

Noël approchait et je n'ai eu aucune hésitation quand il a fallu annoncer à mes parents ce que j'aimerais les voir m'offrir. Je le voulais, cet engin extraordinaire. Il m'obsédait depuis le visionnage de l'émission. Le soir du réveillon, alors que nous partagions un repas de fête en famille, il y avait déjà des cadeaux dans un coin, sous le sapin, mais rien n'avait la taille d'une bicyclette et cette absence m'inquiétait. Plusieurs heures se sont écoulées avant que ne survienne le moment tant attendu par mes deux sœurs et moi-même, l'ouverture des paquets. Mon père a profité que j'aille aux toilettes pour apporter mon vélo et le dissimuler sous un drap blanc. Lorsque je l'ai soulevé à mon retour, j'ai découvert un BMX bleu chromé et j'ai littéralement pété les plombs. Je suis sorti dans la rue pour l'essayer et je me souviens d'une prise en main difficile. Au réveil, je suis remonté dessus. Il était lourd, un tank, ça devait être le premier prix de chez Décathlon mais je tentais de mettre un pied par-ci, par-là, sur une roue ou un pegs, comme j'avais vu faire le fameux Woody à « C'est mon choix ».

Dans les jours qui ont suivi, je me rendais régulièrement dans le garage, là où il était entreposé aux côtés de la moto de mon père et de nos VTT, juste pour l'admirer. En fait, je pense qu'avant d'être captivé par mon sport, je suis d'abord tombé amoureux de l'objet. J'entretiens avec ce vélo un rapport presque sensuel. C'est bizarre à formuler mais j'aime tout chez lui, sa structure, ses courbes, son aspect agréable au toucher, métallique, la multitude des pièces qui le composent. Un BMX, je trouve ça terriblement beau. Mes parents observaient mon manège d'une drôle de façon. Ils devaient se dire que j'allais les bassiner quelques semaines avec ça puis que je me trouverais une nouvelle lubie, comme tout bon adolescent qui se respecte. Oui, tout cela aurait pu n'être qu'une passade, mais c'est un amour qui dure. Et à partir de ce Noël, je n'ai plus jamais lâché le guidon.

3

Consécration précoce

Le bac et la Voodoo Jam en poche, j'ai attaqué l'été 2007 avec avidité. Paris se vidait de ses habitants partis en vacances et moi, avec mon petit vélo, j'investissais comme jamais les rues de la capitale. Le bitume de la place de la Bastille était ma plage, mon île paradisiaque. Au pied de la colonne de Juillet, je répétais mes figures jusqu'à épuisement. Pas loin, il y avait le 113, rue de Turenne, et sa boutique de BMX, La Crémerie. À l'étage se trouvaient les locaux du magazine *Cream*, un mensuel spécialisé lancé en 1998 par Alain Massabova, rider et éditeur passionné, un autre grand frère. Au sein des bureaux, un lit était mis à disposition pour les potes de passage et je l'ai squatté pendant des semaines en échange de coups de main pour la publication, des articles et des critiques de « parts », ces vidéos de performance qui faisaient alors référence dans le milieu. Je n'effectuais des allers-retours à Épinay-sur-Orge que pour rapporter mon linge sale, passer un moment avec mes parents et mes sœurs, prendre une vraie douche qui décapait bien plus que les toilettes de chat au lavabo de la boutique. Je considérais ces trajets en RER C comme une perte de temps et d'entraînement. J'accentuais mes recherches d'appartement avec Raph pour me les éviter, goûter pour de bon à la vie parisienne. Pour assurer mes arrières, je m'étais tout de même inscrit à une faculté d'anglais mais je n'avais qu'une seule ambition : devenir pro !

À la fin du mois d'août, j'ai reçu un mail des organisateurs de la Number One Rider Award Cup – la NORA Cup –, une cérémonie qui récompense tous les ans le meilleur rider de l'année dans chaque discipline, élu par ses pairs ainsi que, à cette époque, par les lecteurs du magazine américain *Ride BMX*. La NORA Cup, ce sont les Oscars de notre sport. Une reconnaissance internationale, très prestigieuse, qu'aucun Français n'avait encore remportée depuis sa création en 1979. Dans son message, un des responsables de l'événement m'apprenait que j'étais nominé dans la catégorie flat. Je suis resté stupéfait puis la raison a repris le dessus. Cette nomination, c'était un honneur, totalement inattendu, mais je lui ai répondu que je n'allais pas pouvoir venir, qu'après mon voyage en juillet à La Nouvelle-Orléans, j'étais à sec, qu'un autre trip début septembre à Las Vegas, où avait lieu la remise des prix, était financièrement inenvisageable. Cinq minutes plus tard, j'avais son retour dans ma boîte mail, quelques mots sans équivoque : « *You must be here* » – « Tu dois être là ». Sur le coup, je n'ai pas capté le succès qui m'attendait, je me suis dit que cela les embêtait de ne pas avoir sur place tous les nominés, qu'il insistait parce que ma défection entacherait le suspense de la cérémonie. C'est Alain qui m'a sauvé. Il nous a payé nos billets, à Raph et à moi, et on est partis tous les trois pour un nouveau séjour américain.

Nous avons atterri à Los Angeles, en Californie, le berceau du BMX. C'est là-bas que tout a commencé à la fin des années 1960, lorsque des gamins férus de motocross se sont mis à rouler à toute berzingue sur des Schwinn Sting-Ray, des vélos aux faux airs de bécane, plus accessibles financièrement, avec une double selle et un guidon très haut. Ils ont inventé les premières pistes agrémentées de bosses et s'y entraînaient parfois déguisés en pilote, avec des casques et des combinaisons rembourrées, des canettes coincées entre le cadre et la roue avant pour simuler le bruit d'un moteur. Quelques années plus tard, en 1982, Steven Spielberg s'en est inspiré dans *E.T., L'extraterrestre*, l'histoire d'Elliot, un enfant solitaire qui se lie d'amitié avec une créature venue d'ailleurs. À la fin du film, une scène désormais culte montre le personnage principal et ses amis en train de fuir la police sur des vélos du même style. La course-poursuite dure plusieurs minutes et alors que l'on croit scellé le sort des fuyards, ils s'envolent, profitant des pouvoirs d'E.T. pour pédaler dans le ciel. La renommée du film est telle qu'il contribue à populariser dans le monde entier ces Bicycle Motocross – en anglais, « cross » peut s'abréger en « X » –, les BMX.

À l'origine, les premiers pratiquants ont été séduits par la « race », la course tout simplement, consistant à réaliser le plus vite possible un certain nombre de tours sur un circuit. Lassés de ne faire qu'envoyer des watts en appuyant de toutes leurs forces sur les pédales, certains riders se sont par la suite essayés à un maniement plus innovant de leur vélo. Ils ont tapé des sauts et des roues arrière, imaginé des figures et pris davantage de risques. Après avoir écumé les piscines asséchées de riches propriétaires californiens qu'ils utilisaient comme des rampes, ces précurseurs ont investi les skateparks, en pleine floraison dans le pays. Le BMX freestyle est né ainsi, jumeau artistique du BMX racing englobant plusieurs disciplines. D'abord, il y a le dirt, sûrement la pratique la plus spectaculaire de toutes. Elle voit s'élancer des tarés depuis un tremplin en direction d'immenses bosses de terre – *dirt* en anglais, d'où son nom – qui les propulse loin dans les airs, comme en apesanteur, où ils tentent d'enchaîner les tricks. De la haute voltige. Il y a aussi le park, dont les compétitions se déroulent dans un lieu bâti à cet effet, où les riders utilisent les installations mises en place pour réaliser des figures. Même concept pour le street, à la différence qu'il s'agit de jouer avec le mobilier urbain, les bancs, les marches, les rambardes d'escaliers, tout ce qui fait la ville. Et enfin il y a le flat, notre kiff avec les potes, Alex, Raph, Alain, moi et tous les autres. Un microcosme au sein d'un sport déjà confidentiel. Une goutte d'eau dans la minuscule mare du BMX.

Arrivés sur place, le pèlerinage a démarré. On a loué une voiture et on a fait le tour de tous les quartiers iconiques de la Cité des Anges, Long Beach, Venice ou encore Hollywood. On a rendu visite à d'autres riders comme Chad Johnston ou Bobby Carter, des légendes locales qu'Alain connaissait grâce à son magazine. On a dévalisé des outlets et je me rappelle m'être acheté des paires de Nike et des paquets de caleçons Ralph Lauren, des fringues que l'on ne trouvait pas en France ou alors pas à ce prix-là. La semaine a filé comme ça, à faire les touristes, à pédaler avec les gars du coin et à dormir une poignée d'heures après des fêtes interminables, dont une sur Sunset Boulevard où j'ai fini par vomir tout ce que j'avais ingurgité. J'étais encore le plus jeune, l'enfant, à la fois chaperonné et gentiment bizuté par les copains plus âgés, et j'avais du mal à trouver mes limites. Enfin, on s'est dirigé vers le Nevada et Las Vegas par la Route 66, ses longues lignes droites et ses paysages désertiques. J'ai pris une sacrée claque, c'était comme au cinéma.

La NORA Cup se déroulait en clôture du salon InterBike organisé au Hard Rock Hotel. Lâchés parmi les vélos, les stands de sponsors, les casinos et cette agglomération singulière où l'on ne parvient même plus à distinguer le jour de la nuit, j'avais l'impression d'être à Disneyland. Au matin de la cérémonie, un des responsables de l'événement est venu s'assurer que j'avais bien 21 ans. Mon ascension était si fulgurante que les Américains ignoraient mon âge. Je lui ai dit que non, pas vraiment, j'en avais à peine 18 et il a paru contrarié, même s'il a rapidement trouvé une solution à notre problème. Il m'a demandé de me pointer plus tôt, bien avant le début du show et l'arrivée des agents de sécurité, afin de me cacher dans les toilettes jusqu'à ce que la salle se remplisse. Ça m'a fait marrer et je l'ai retrouvé à l'heure dite, récupérant au passage le flash de vodka qu'il me tendait, histoire de patienter. Assis sur la cuvette, je n'avais rien d'autre à faire que de boire, pas encore de mails ni de stories Instagram à consulter sur mon téléphone. Lorsqu'il est venu me libérer, la salle était comble et j'ai rejoint

Raph et Alain, pliés en deux en constatant mon état. Mission accomplie, on avait dupé les vigiles, ni vu ni connu mais totalement ivre.

Sur la scène de la boîte de nuit de l'hôtel, les présentateurs enchaînaient les récompenses par catégories et bientôt ce fut le tour du flat. Chaque rider nominé avait le droit à sa présentation, et me concernant ils ont diffusé un montage de la vidéo réalisée en Hongrie, la fameuse, qui avait tant fait jaser. Nous l'avions tournée l'été précédent, en 2006, avec Adam Kun, un pro de BMX à peine plus vieux que moi avec qui j'avais sympathisé lors de compétitions. Il m'avait invité à passer mes deux mois de vacances scolaires chez lui, à l'est du pays, dans son village au nom imprononçable collé à la frontière slovaque : Sátoraljaújhely. Il était venu me chercher en voiture à Budapest et, à mesure que nous roulions, j'avais la sensation de m'immerger dans mes cours d'histoire-géographie consacrés à la guerre froide et au bloc soviétique. Au pied de son immeuble, il y avait un terrain de basket éclaté entouré de grillages et on y est resté des heures à s'entraîner, à se challenger, à réfléchir à de nouveaux tricks. Un pote à lui nous filmait. On savait que ce type de vidéos faisait partie du jeu du BMX, que pour se faire connaître, gagner des titres ne suffisait pas, qu'il fallait aussi exister dans les magazines et sur les écrans. On en avait conscience, certes, mais on pensait surtout à s'amuser, à garder des souvenirs de ces après-midi en plein cagnard sur le playground de Sátoraljaújhely.

Sur le vélo, j'explorais alors le pumping, une technique pour prendre de la vitesse sans toucher les pédales ni mettre les pieds sur les roues, simplement utiliser l'énergie de mon corps pour rester en mouvement, onduler comme un poisson sans eau, en équilibre. J'essayais aussi d'être à l'aise sur les deux roues, arrière et avant, pour maîtriser toute une diversité de figures. J'étais complet et à cette période c'était rare, alors en plus, avec mon physique inhabituel pour un flatlander, ça donnait une esthétique originale, une modernité et un niveau de difficulté inédits. Une fois la vidéo montée, on aurait pu en faire un part, sortir un DVD comme ceux que je chroniquais pour le magazine *Cream*. Mais on a préféré la poster sur YouTube, un nouveau média en plein essor sur Internet. Le nombre de vues a décollé et aujourd'hui, des années après, on me parle encore de ces images comme d'une révolution, d'un jalon incontournable de mon sport et de ma carrière.

À Las Vegas, les organisateurs de la NORA Cup ont dû faire la même analyse puisque c'est moi qu'ils ont invité à monter sur scène pour brandir le trophée de rider de l'année dans ma discipline.

Je suis resté bloqué, j'avais du mal à y croire. On m'a porté jusqu'aux escaliers et j'ai failli m'évanouir. Encore bien éméché de l'attente aux toilettes avec mon flash de vodka, j'ai bégayé des remerciements dans un anglais que je maîtrisais mal et Raph a cru bon de venir me sauver avec une mauvaise blague balancée à la salle : « Ce gars est bourré et il n'a pas 21 ans ! » Les vivats se sont essoufflés doucement et à la descente des marches, deux agents de sécurité m'attendaient pour m'accompagner vers la sortie, penaud et titubant, avec ma coupe sous le bras. Je suis parti la déposer dans ma chambre et je me suis changé de la tête aux pieds, en mettant sur mon nez des lunettes de soleil. Il fallait bien tenter un truc, je n'allais pas rester solo à décuver en passant une commande au room service. La supercherie a fonctionné. Quelques minutes plus tard, grimé, j'ai réussi à réintégrer la soirée et à fêter avec mes potes cette consécration brutale. En quelques mois, j'avais explosé d'un coup aux yeux du monde du BMX, comme un feu d'artifice qui éclate par surprise et qu'on ne peut plus retenir. Un inconnu devenu l'élu. D'ailleurs, sur la plaque scellée à mon trophée, cette propulsion soudaine de l'anonymat à la gloire est à jamais gravée, puisqu'il y est écrit non pas « Matthias Dandois » mais « Matthias Dondois ». C'était peut-être trop, trop tôt, trop vite, quoique ce sacre précoce ne m'a pas pour autant démobilisé. Au contraire. J'étais déterminé à remonter sur mon bike et à tout faire pour vivre de voyages, de compétitions et de teufs. J'en voulais encore.

4

Obsession

Après ce merveilleux Noël lors duquel j'ai découvert mon premier BMX sous le sapin du salon, le coup de foudre aurait pu tourner court, n'être qu'un flirt fugace comme l'imaginaient mes parents. Je chérissais mon vélo mais je ne savais pas vraiment comment l'entreprendre. Avec un pote du collège qui tentait lui aussi de percer le mystère, on visionnait des DVD de riders professionnels mais les figures qu'ils exécutaient nous paraissaient irréalisables. Je n'avais rien d'autre pour m'inspirer, aucun support pédagogique, pas de tutos ni de vidéos sur YouTube qui, en 2002, n'existait pas encore. Au bout de six mois, j'avais l'impression de maîtriser les fondamentaux mais d'être bloqué au niveau 1, sans apercevoir de passage vers l'étape suivante. Je stagnais et en réalité je ne maîtrisais pas grand-chose, je m'en suis rendu compte un après-midi, au skatepark, lorsqu'un gars m'a demandé s'il pouvait emprunter mon bike quelques minutes. Il a effectué deux, trois mouvements et j'ai trouvé ça prodigieux. Je lui ai dit lorsqu'il est revenu vers moi et il m'a rétorqué : « Mais ça, c'est la base. » Cette phrase m'a brisé le cœur. Je croyais gérer un minimum et en fait j'étais une pipe. J'ai bien failli me décourager, ranger une bonne fois pour toutes mon objet préféré sur terre au garage. C'est à peu près au même moment que Lucas, un des membres des « Riders in the shit », m'a apporté une information cruciale. Il rentrait de sa leçon de trapèze, à Sainte-Geneviève-des-Bois, au sein de l'école de cirque dans laquelle il s'était inscrit. Et là-bas, m'a-t-il appris, à seulement quinze minutes de chez moi avec un bon coup de pédale, un type donnait des cours de BMX flat. Incroyable. Une intervention divine.

Le samedi suivant, j'ai pris la route du gymnase Cocheris rempli d'espoir. C'était une salle classique dotée d'un sol en gomme, de cages de handball et de paniers de basket. Pas de gradins, juste deux bancs calés contre un mur. Je me suis posé sur l'un d'entre eux et j'ai regardé, intimidé, en restant le plus discret possible. Je n'ai pas bougé de toute la séance. Au centre de ce terrain multisports s'activaient quatre ou cinq gars sur un vélo dont un prof, Carlos Leal, un rider professionnel qui avait été champion du monde amateur de la discipline en 1998. Ils enchaînaient des figures et j'étais bouche bée devant ce spectacle que je voyais en vrai pour la première fois. À fond dans les enceintes résonnait de la drum and bass, un genre musical que je me suis évidemment mis dans les oreilles en permanence. À la fin de la session, j'ai pris mon courage à deux mains pour aller voir le coach, lui demander si je pouvais faire un essai le week-end prochain et il m'a répondu que j'étais le bienvenu. J'ai traversé la semaine avec une boule au ventre composée d'un mélange d'impatience et de stress, et je suis retourné au gymnase avec la fébrilité des rendez-vous importants. En deux heures, j'ai appris davantage qu'en une année de tâtonnements dans les rues d'Épinay-sur-Orge. Carlos a réglé mes freins, regonflé mes pneus ; j'ignorais que pour le flat il fallait leur mettre un maximum de pression. Je buvais ses paroles et ses conseils. Aussitôt, j'ai eu la sensation d'intégrer une communauté, qu'on n'était peut-être qu'une poignée mais qu'il y avait des gens, comme moi, qui vénéraient ce petit vélo et kiffaient l'escalader dans tous les sens. Je n'étais plus seul et j'entrevoyais la possibilité de débloquer les niveaux suivants, d'apprendre. Ma vie a changé à ce moment-là.

Pendant plusieurs années, je n'ai pas raté une session. J'étais le plus assidu du groupe, y compris durant les entraînements. Alors que les autres soufflaient parfois sur le côté, je profitais des cent vingt minutes dans leur entièreté. J'accumulais les bases, je voulais en absorber le plus possible, que plus jamais quelqu'un n'emprunte mon vélo et ne me brise le cœur en me révélant que j'avais du retard sur les fondamentaux. Je reproduisais sans cesse les mêmes enchaînements. Pour moi, rien n'est inné. Aucune fée du BMX ne s'est penchée sur mon berceau en m'administrant des doses de talents à coups de baguette magique. J'ai travaillé dur. Je pouvais rester sur mon bike pendant des heures et refuser d'en descendre tant que je n'avais pas réussi la figure que j'avais en tête. Je voulais être l'élève modèle et je faisais le pari d'arriver à chaque cours avec de nouveaux tricks. C'était grisant, très différent de mes expériences du foot et de l'athlétisme. Avec le BMX, j'avais l'opportunité de quantifier ma progression, de compter les cordes qui s'ajoutaient à mon arc. Je dois beaucoup à ces années-là et à Carlos, qui m'obligeait à me concentrer sur l'essentiel avant de développer mon propre style. Un jour, il m'a lâché un mot que je n'avais jamais entendu prononcé à mon égard. Il m'a dit que j'étais doué et que, si ça m'intéressait, je pourrais bientôt participer à une compétition.

En février 2004, j'ai débarqué dans un autre gymnase, à Servon, en Seine-et-Marne, où était organisé le « Circle Cow », un des contests de flat les plus réputés de France et d'Europe à l'époque. J'y suis rentré presque sur la pointe des pieds, impressionné par l'effervescence qui y régnait, une espèce d'anarchie avec des riders qui s'échauffaient en se coupant la route et autour d'eux des gens assis en tailleur. Encore une fois, j'étais ému d'observer tous ces adeptes réunis au même endroit, dans cette salle quelconque momentanément transformée en temple de notre discipline. Lorsque l'on pratique un sport si underground, passant habituellement sous les radars des médias généralistes et du grand public, ce genre de rassemblement nous conforte dans notre identité. Il convoque même un désir encore plus profond d'appartenance, la certitude que ce qui nous enflamme au quotidien est bien réel, partagé, qu'on a ce truc à nous, ce délire commun qui nous fait sortir du lot et dont il faut prendre soin. C'est puissant de ressentir ça, à 14 ans.

Je me suis aligné dans la catégorie amateur et j'ai décroché mon ticket pour la finale sans trop de difficultés. Le lendemain, j'ai sorti un run – c'est ainsi que l'on appelle nos prestations, souvent de trois minutes – propre, sans poser le pied par terre et je me suis imposé. Ma première victoire. Je n'oublierai jamais ce podium et tous les sentiments qui se sont emparés de moi en montant dessus. Déjà, j'étais comblé par les récompenses, des fringues et des pièces toutes neuves pour mon vélo. Mais surtout, j'étais tellement fier sur la plus haute marche. Je pense qu'à cet instant, à Servon, j'ai été touché par une addiction, et que toute ma carrière je n'ai cessé de vouloir la nourrir en cherchant à réitérer les effets que cette victoire m'avait procurés. Je suis devenu drogué à la gagne.

Au collège puis au lycée, rider a viré à l'obsession. Le midi, dès que la sonnerie retentissait, je courais vers la gare. Une seule station de RER me séparait d'Épinay-sur-Orge et, si je m'en sortais bien, je parvenais à attraper le train qui passait six minutes après la fin des cours. Quand je le ratais, je continuais ma course au sprint jusqu'à la maison, à environ quatre kilomètres. L'objectif était de pouvoir profiter au maximum de la pause-déjeuner pour m'entraîner. Une fois arrivé, j'enfournais au micro-ondes un plat Picard que ma hâte empêchait de laisser chauffer jusqu'au bout du temps préconisé. J'expédiais ma ration tiède en trois bouchées et je grimpais enfin sur mon vélo. Je n'avais qu'une demi-heure devant moi et je ne voulais pas en perdre une miette. Je mettais une alarme sur mon téléphone. Quand elle sonnait, elle m'indiquait qu'un train passerait dans cinq minutes pour me ramener au bahut pile poil avant la fermeture des grilles. Je laissais tout en plan et je repartais aussi vite que j'étais venu. Un mercredi lors duquel je n'avais classe que la matinée, je devais pique-niquer avec une fille qui m'appréciait. Elle s'appelait Celia et elle m'avait écrit sur

MSN pour me proposer de la retrouver près du stade – notre lycée se trouvait dans un énorme parc à la Harry Potter avec des jardins et des installations sportives. J'étais curieux et j'avais dit oui, mais en voyant le soleil briller ce jour-là, puis en réfléchissant à l'après-midi fabuleuse que je pourrais passer sur mon vélo, j'ai foncé vers la gare sans même prendre la peine de la prévenir. Ce lapin, je n'en suis pas fier mais c'était plus fort que moi : seul le BMX comptait.

Le soir, c'était la même histoire. Je roulais jusqu'à tard. Les devoirs étaient relégués au second plan. J'avais la chance d'avoir des résultats corrects alors mes parents me laissaient tranquille. Ils étaient davantage préoccupés par ma grande sœur, Laurie, qui vivait une adolescence turbulente. Sa rébellion à elle et l'ambiance tendue entre eux me donnaient encore plus envie d'être dehors. Mon bike était mon engin bien-aimé autant qu'une échappatoire. J'avais plusieurs spots autour de la maison, dont la rue juste derrière. Mes pneus étaient tellement gonflés que parfois ils explosaient sous la pression et ça résonnait dans tout le quartier. Les voisins s'imaginaient que quelqu'un tirait à la carabine et mon père me disait que j'étais malade de faire un boucan pareil. J'allais aussi plus loin, sur le parking du club de tennis. Il n'avait rien d'extraordinaire mais je n'avais pas mieux. Un mec dont j'avais repéré la voiture avait l'habitude de s'y garer et de faire monter une femme que je m'étais figurée être sa maîtresse. Ils faisaient leur affaire dans l'habitacle pendant qu'à côté je répétais mes gammes, mes Barspin – faire tourner le guidon sur lui-même en soulevant la roue avant – et mes Tail-Whip – faire tourner le vélo autour de soi tout en restant debout dessus. Je m'arrangeais comme je pouvais pour éviter les traquenards, des types qui erraient en bande et qui voulaient essayer mon bike. En apprenant de nouvelles figures, je prenais des gadins de l'espace. Une fois, j'ai atterri violemment, le dos sur un repose-pied, et j'ai dû rentrer chez moi courbé en deux comme un petit vieux, presque en rampant. J'étais prêt à tout pour me perfectionner.

Mes parents en ont eu marre de me savoir tout le temps dans la rue. Alors, lorsque je suis tombé sur un article dans le magazine *Cream* dans lequel un rider pro expliquait qu'il s'était construit une aire de flat dans son jardin, ça a donné des idées à mon père. Il s'est mis à dessiner des plans, à questionner ses potes architectes, et quelques semaines après on s'est rendu au Leroy-Merlin pour acheter tout le matériel nécessaire. Il fallait creuser, rendre la terre meuble pour enfoncer des dizaines de piquets, bien veiller à ce qu'ils soient à niveau pour poser dessus des lambourdes et enfin visser de grandes plaques, tout en bois. Le chantier a duré un mois et après j'étais aux anges. J'avais le spot à domicile. Une terrasse ronde rien que pour moi et mon vélo. Je l'apercevais dès le réveil depuis ma chambre, en sous-sol, dont la fenêtre donnait directement sur le jardin. Il me suffisait de l'ouvrir et de l'enjamber pour me poster sur ma selle, déjà en action. Forcément, cela n'a en rien calmé mon obsession. Je pouvais m'entraîner sans manger ni boire, en plein soleil, dix heures de suite, au point de sentir poindre un malaise. On avait même rajouté des lumières autour de l'aire pour que je continue de rider une fois la nuit tombée. Quand j'accordais un répit à mon corps, mon esprit phosphorait encore, sous la douche ou aux toilettes, la nuit avant de m'endormir. Je songeais à toutes les figures que je voudrais essayer le lendemain, même les marges de mes cahiers d'école en étaient saturées. Le gamin désemparé devant son vélo, agacé de ne pas savoir s'en servir, avait disparu. Le cap était franchi, j'avais le BMX dans la peau.

5

Nouvelle génération

Lors de ce Circle Cow 2004, à Servon, j'ai vu pour la première fois Alexandre Jumelin en chair et en os. Il faisait plus petit que sur les posters de ma chambre mais son style sur le vélo était dingue, son agilité, ses tatouages, son look à l'américaine. Je le considérais comme une star, mon idole même, et j'étais émerveillé en le regardant rider sous mes yeux, dans ce gymnase bondé, au milieu d'amateurs comme moi qui étions aussi ses fans. Son itinéraire était inspirant. J'avais envie d'être lui. Alex a débuté le bike à 11 ans, un an avant ma naissance. Il ne s'est jamais lassé de la difficulté de cette discipline, des journées entières consacrées à rater des figures et à réessayer, toutes ces tentatives et ces galères, l'impact des pédales qui cognent dans les tibias, les guidons dans les côtes, tout ça en échange de quelques minutes éventuelles de jubilation, de la sensation indescriptible, jouissive, d'enfin maîtriser une figure. À 19 ans, il a mis fin à ses études pour se dédier pleinement à son sport. Le BMX est son école, sa vie. Il en a fait son métier, signant avec des sponsors, posant dans les magazines, remportant de nombreux titres. En 2003 était sorti *Fast Forward*, un film en DVD retraçant une année de sa carrière. Avec d'autres riders émérites, Jimmy Petitet et Lionel Cardoso, il avait aussi donné naissance à un crew qui allait devenir le symbole d'une nouvelle génération : les Stereo Panda. Lors de certaines compétitions, ils improvisaient un stand sur lequel ils vendaient des T-shirts floqués de leur logo, un panda à l'allure de gangster se baladant avec une enceinte. Le concept a tellement cartonné qu'ils ont créé une marque. On la trouvait partout, même chez Citadium, le temple de la mode urbaine. Les fringues partaient comme des petits pains, surtout auprès des partisans des soirées électros et de la Tecktonik, ils en étaient fous.

Alex et tous les autres revenaient de loin. Depuis la fin des années 1990, le BMX renaissait doucement de ses cendres après un creux de la vague que seuls les plus passionnés étaient parvenus à surmonter. Durant cette période, l'avènement du VTT avait fait de l'ombre à notre vélo favori. De nombreux pratiquants l'avaient délaissé, lui préférant cet engin tout terrain plus maniable et populaire, plus confortable aussi, pour se déplacer. Lorsque Alexandre Jumelin a commencé à éclore, le flatland n'avait jamais été aussi underground. Sur sa route, il avait alors croisé Alain Massabova, le futur fondateur du magazine *Cream*, notre chaperon à Los Angeles et Las Vegas, pour la NORA Cup. Lui avait connu l'âge d'or du BMX, la folie autour de ces sports de glisse importés des US, à l'image du surf et du skateboard, la fièvre liée à l'effet de mode, les shows qui affichaient complet au Palais Omnisports de Paris Bercy (POPB) – désormais Accor Hotel Arena –, comme le tout premier Bicross International de Paris Bercy, en 1984, retransmis sur TF1 et qui avait attiré des riders du monde entier. Alain, lui, a grandi dans les cités du 19e arrondissement de la capitale. Le vélo était son moyen d'expression, sa façon d'exister dans le quartier et ailleurs tout en conservant les codes de la rue, les marqueurs hip hop et bad boy. Avec son frère et un de ses potes, Lotfi, ils avaient formé un crew baptisé Les Mexicos. Ils roulaient jusqu'aux Halles, à Châtelet, pour faire des démonstrations, et l'argent récolté dans le chapeau leur permettait de manger, de s'acheter des pompes tendance, de partir en vacances ou de participer à des contests à l'étranger. En rencontrant Alex à un championnat de France, ils l'avaient intégré à l'équipe. Un adoubement, annonciateur d'un fonctionnement par passage de témoin auquel j'allais un jour avoir droit moi aussi. Le microcosme veut ça. Notre sport est comme une petite planète avec peu d'habitants. Alors pour qu'elle continue de tourner, il faut se serrer les coudes, savoir repérer ceux qui y sont le plus fidèles pour les préparer à reprendre le flambeau, à choyer notre héritage et continuer de le faire prospérer. D'ailleurs, les Stereo Panda n'étaient qu'une résurgence des Mexicos, qui avaient fini par péricliter. La volonté de perpétuer cet esprit de bande et de communauté.

Sa renaissance, le BMX la doit en partie aux X-Games, la compétition de sports extrêmes la plus médiatisée au monde, disputée chaque été aux États-Unis. Lancée en 1994, elle a apporté à notre vélo du futur une visibilité nouvelle. L'événement a explosé outre-Atlantique, avec un nombre de spectateurs et de téléspectateurs qui se comptaient par centaines de milliers. Alimenté aux risques et à l'exubérance, le spectacle était alors une bouffée d'oxygène pour toute une jeunesse que le basket ou le baseball n'excitaient plus vraiment, encore moins le soccer, dont la Coupe du monde avait lieu pour la première fois dans le pays. Le phénomène a atteint l'Europe. Le creux de la vague a reflué et Alexandre Jumelin était à l'époque le seul Français à se qualifier régulièrement pour cette épreuve d'emblée érigée en mythe. Dans l'Hexagone est aussi apparu le Festival International des Sports Extrêmes, le FISE, la version locale des X-Games, qui allait bientôt conquérir le monde à son tour.

À Palavas-les-Flots puis à Montpellier, ce contest a rencontré un succès inattendu, devenant une compétition immanquable pour le gratin des riders. Pourtant, il n'était à l'origine qu'un projet étudiant, celui d'Hervé André-Benoît, un amateur de BMX qui terminait son école de commerce et rêvait d'organiser un rassemblement d'action sports sur plusieurs jours. Les Mexicos en avaient entendu parler et s'étaient déplacés pour l'édition initiale, contribuant à légitimer l'événement aux yeux des fans. Sans le FISE, sans l'ambiance géniale de ces rendez-vous printaniers à Montpellier auxquels j'ai eu la chance de participer pas moins de dix-huit fois, le petit vélo n'en serait sans doute pas là où il est aujourd'hui.

Deux mois après Servon, j'ai revu Alex à la Ninja Spin, une compétition qu'il organisait dans sa salle, à Achères (Yvelines), un lieu emblématique du BMX français. Il prenait les inscriptions à la table et j'ai bien été obligé de lui parler, au moins pour lui fournir mon nom. J'étais troublé, comme peut l'être un gamin face à son idole. À cette occasion, je m'en suis de nouveau bien tiré lors des qualifications en amateur mais, le lendemain, j'ai failli louper la finale. Je n'avais pas dû consulter attentivement mon horaire de passage. En arrivant au gymnase, j'ai entendu mon nom résonner plusieurs fois dans les haut-parleurs, comme un last call à l'aéroport, avant la fermeture des portes de l'embarquement. C'était à moi de rider. J'ai juste eu le temps de poser mon blouson et mon sac à dos avant d'enchaîner directement sur mon run. J'ai encore gagné et mes balbutiements ont sans doute contribué à me faire d'autant plus remarquer. En cadeau, j'ai reçu un guidon aux couleurs de l'événement, peint à l'arrache. Je le trouvais trop classe et j'ai dû le monter sur mon vélo dès mon retour à la maison. Avant que je ne reparte, Alexandre Jumelin m'a félicité et on a discuté quelques minutes. Il m'a dit que je pouvais venir m'entraîner quand je voulais ici, dans sa salle, à Achères, puis il m'a donné son numéro. J'étais intimidé, bouleversé et, évidemment, je n'ai jamais osé l'appeler.

Environ un an plus tard, c'est lui qui a fini par me téléphoner. Une marque de chaussures, Etnies, cherchait à monter un groupe de riders avec de jeunes talents et il m'a demandé si ça m'intéresserait d'en faire partie. J'ai dit oui sans hésiter et j'ai dû le remercier mille fois d'avoir pensé à moi. Entre temps, j'avais continué de m'entraîner dur sur mon vélo mais j'étais de plus en plus angoissé par un processus incontrôlable : ma croissance. Grandir était une phobie. Chaque centimètre pris m'éloignait de la taille d'Alex et de celle de tous les champions que j'admirais. Jamais je ne pourrais devenir professionnel si mon corps persistait à pousser de la sorte. J'y pensais plusieurs fois par jour. Dans la cuisine ouverte de chez mes parents, il y a un grand passe-plat au sommet duquel un rebord en bois me servait de repère. Le matin, j'allais vérifier que ma tête s'encastrait toujours dessous mais je voyais bien qu'elle s'en rapprochait inexorablement. Idem dans la douche. Il y avait du carrelage aux murs et je checkais dans le miroir la marge que j'avais avant de dépasser tel ou tel carreau. Ma taille m'inquiétait tellement que j'essayais de me rapetisser. Je marchais voûté, tordu comme une virgule.

Dans les mois qui ont suivi, j'ai revu Alexandre Jumelin plusieurs fois lors de compétitions. Dès que je pouvais, j'allais m'entraîner à Achères, même si pour m'y rendre il me fallait traverser tout Paris. Là-bas, j'ai beaucoup progressé. Je connaissais déjà les bases sur le bout des pegs mais j'avais besoin de me hisser au niveau supérieur, d'affirmer mon style, d'apprendre auprès des plus forts et je ne pouvais pas me jeter entre de meilleures mains. Sur ma selle, je n'avais plus d'appréhension. Je savais que pour réussir des figures ambitieuses, je devais parvenir à bloquer le signal d'alarme qui retentissait dans mon cerveau pour m'avertir que j'avais plus de chances de tomber que de tenir debout. C'est une des dimensions les plus excitantes du BMX, défier les lois de l'équilibre, se forcer à se lancer. Entre ce moment-là et la réussite ou bien l'échec, il y a comme des instants de black-out, des secondes qui ne comptent pas, une lévitation. Ça aussi c'est une drogue, comme la gagne. J'ai continué d'expérimenter ces émotions auprès d'Alex et notre relation a évolué ainsi, un Jedi et son Padawan. Il m'invitait à participer à des démonstrations avec les Stereo Panda, m'envoyait des T-shirts de la marque. Naturellement, j'ai commencé à me sentir plus à l'aise avec lui, Jimmy et Raph, et sans m'en rendre compte j'ai intégré la bande. Avec le recul, je peux dire que je n'aurais pas fait une telle carrière sans ces rencontres et cette bienveillance. Elles m'ont été précieuses, indispensables. Je suis fier que mon sport porte ces valeurs familiales, d'entraide. Je m'attelle depuis à donner le maximum pour rendre ce que j'ai reçu.

Alex me raconte souvent qu'à l'époque, il n'avait jamais vu de rider aussi insatisfait, capable de remonter inlassablement sur son vélo tant que ses tricks n'étaient pas parfaits. Je sais que ma détermination l'a bluffé. Il se souvient d'un soir où, de retour du boulot, il était passé très tard aux abords de la place du marché Saint-Honoré, dans le 1er arrondissement de Paris, un spot qui a vu défiler pas mal de riders. Il devait être 22 heures et j'étais encore là, seul, dans la pénombre et sous une bruine d'automne, loin d'Épinay-sur-Orge, à tenter pour la millième fois de réussir la même figure. Il m'avait observé de loin sans venir me voir, puis il était rentré. Peut-être a-t-il pris à ce moment-là conscience de l'ampleur de la passion qui brûlait en moi, comme elle brûlait déjà en lui depuis longtemps.

En février 2006, au Circle Cow, il m'a obligé à m'inscrire dans la catégorie pro et non plus amateur ou master. Ma première apparition chez les grands. Je me suis qualifié pour la finale, tournant sur mon bike comme une toupie infernale, un mouvement que je maîtrisais déjà assez bien mais qui n'a pas suffi. J'ai terminé cinquième et je suis reparti au charbon, conscient que le plus haut niveau était à la fois très loin et à ma portée. Je devais être plus inventif, creuser mon propre sillon, faire de toutes ces bases que j'avais acquises quelque chose d'authentique. Quatre mois plus tard, je me suis présenté au festival 100 Contest, à Cergy-Pontoise, un événement destiné aux cultures urbaines qui mêlait concerts et compétitions d'action sports. Ce week-end-là, j'ai gagné chez les pros. En battant Alexandre Jumelin.

6

Banqueroute

À cette période, je n'étais encore qu'un lycéen naïf et imberbe, et hors des murs de mon établissement à la Poudlard, quand je me mettais à rider, tous les regards se tournaient vers moi. Je ne réalisais pas vraiment ce qui m'arrivait. Je menais une sorte de double vie. D'un côté les cours, les devoirs, le bac à l'horizon et les histoires d'ados. De l'autre, ce monde d'adultes et de grands frères dans lequel me propulsait mon vélo. J'y fréquentais la crème de la crème du BMX français et international, les Stereo Panda. J'engrangeais des victoires. Des sponsors s'intéressaient à moi. Après Etnies pour les chaussures j'avais signé chez KHE, une marque allemande de vélo en train de révolutionner le marché avec des pièces très légères. Ma monture ne pesait plus que 8 kilos et s'avérait d'autant plus maniable. La confiance que l'on m'accordait m'encourageait à m'entraîner toujours plus fort. Je touchais du doigt mon rêve. Lors d'une compétition à Cologne, en Allemagne, en juin 2006, j'ai fini sixième mais j'ai remporté un concours parallèle, celui de la meilleure figure, le « best tricks ». Face au juge, je me suis dressé sur les pegs de ma roue avant en maintenant le bike à la verticale, par la selle, dans mon dos. J'ai tourné un moment dans cette position sur l'aire de flat, en levant mon bras libre pour conserver l'équilibre. Dans le jargon, ce mouvement porte un nom à rallonge qui contient « hitchhiker » – « l'autostoppeur » –, en hommage à ce pouce tendu en l'air.

Mes acrobaties ont alors attiré l'attention d'un fabricant d'articles de sport bien connu : Adidas. Alexandre Jumelin travaillait déjà avec eux mais la fameuse marque à trois bandes cherchait des jeunes riders à recruter et je ne me suis pas fait prier. En plus de me fournir du matériel, mon nouveau et illustre sponsor me rémunérait pour effectuer des démonstrations de BMX. Je touchais aussi de l'argent en cas de bons résultats en compétitions et pour des parutions dans des magazines. Alain s'arrangeait pour me faire figurer dans un maximum de numéros de *Cream* afin que mon pécule augmente. Grosso modo, j'amassais environ 1 000 euros par mois. À 17 ans, avec une somme pareille, j'avais l'impression d'avoir décroché le jackpot. Je ne me prenais pas pour la plus grosse fortune de France mais pas loin. Le plus dingue, c'était les virées au magasin Adidas des Champs-Élysées. On avait l'opportunité d'aller s'y approvisionner et on croisait d'autres personnalités bien plus célèbres que nous comme le footballeur Djibril Cissé – que je n'avais plus revu en vrai depuis mes vadrouilles à Auxerre avec mon père –, le tennisman Jo-Wilfried Tsonga ou encore le chanteur Matt Pokora. Quand j'y repense, ces scènes étaient lunaires. Nous, les gars de la street, récupérant des fringues et des pompes aux côtés de ces stars. J'étais médusé d'être là, avec eux, et je me disais qu'au moins, toutes ces sessions interminables dans la rue et dans mon jardin n'étaient pas vaines. Mon obstination avait payé.

J'aurais pu devenir insupportable, arrogant, prendre le melon. J'ai bien failli d'ailleurs et je suis sûr que certains ont pu penser que je me la racontais. Lorsqu'on est à peine majeur, on n'est pas forcément câblé pour être sponsorisé par Adidas, gérer le fait de battre ses idoles ou de triompher lors des plus grands contests de son sport, entendre des inconnus et des journalistes vous qualifier de génie ou de surdoué. J'avais la sensation d'être déjà arrivé au bout du game, trop vite, d'avoir fini en claquant des doigts un jeu vidéo sur lequel la plupart de mes potes restaient coincés pendant des mois, se résolvant à tricher, à gratter des codes pour débloquer les niveaux supérieurs qu'ils ne parvenaient pas à atteindre à la loyale. C'était à la fois perturbant et grisant. J'ai pris cette brusque popularité en pleine tronche et j'ai pu, à mes débuts, m'imaginer touché par la grâce. La crânerie rôdait en moi, cherchant à s'exprimer. Heureusement, j'étais bien entouré. Mes potes riders ne m'ont jamais placé sur un piédestal. Ils avaient conscience de ma progression fulgurante et je sais qu'ils étaient fiers de moi, mais en dehors des compétitions je redevenais le « grand con », le petit protégé qu'on aimait bien bizuter, un membre de la bande comme les autres. Alex balançait souvent cette phrase pour ne pas qu'on s'enflamme, significative de l'autodérision ambiante : « Eh les mecs, on ne sauve pas le monde, on fait du BMX. »

Avec Raphaël Chiquet, nous sommes plus proches en âge. Seulement cinq années nous séparent. Plus tôt, il a connu la même trajectoire que moi. Lui roulait à Épernay, dans la Marne, là où il a grandi. À Paris, à l'occasion d'une BMX Pride – des balades sauvages de riders déboulant en meute dans les grandes artères de la capitale –, il avait fait la connaissance de Jimmy Petitet. Échange de numéros. Allers-retours entre la Marne et l'Île-de-France. Squat chez les potes la nuit pour aller s'entraîner le jour. Premiers sponsors. Son aisance sur le vélo lui a donné accès aux meilleurs de ses aînés. Dans un sport n'étant à l'époque rattaché à aucune fédération, pour lequel il n'y avait ni club, ni licence, voilà en quoi consistait le parcours classique. Les destins se jouaient à la débrouille et au culot, dans la rue, notre terrain. Lorsque nous nous sommes rencontrés par l'intermédiaire des Stereo Panda, le courant est tout de suite passé. Quand je ne dormais pas dans les locaux du magazine *Cream*, je dormais chez Raph et on allait attaquer le bitume de Bastille et du marché Saint-Honoré. Lors d'une compétition, il a débarqué avec une pince coupante pour me cisailler les freins. Selon lui, c'était has been, bientôt plus aucun rider de flat n'en aurait et il fallait que je m'y habitue dès maintenant. J'étais dégoûté, j'avais plein de figures trop sympas pour lesquelles je les utilisais. L'avenir lui a donné raison. Aujourd'hui, quasiment plus personne n'en utilise sur le circuit.

Après notre été américain à la Voodoo Jam et à la NORA Cup, en 2007, on a enfin réussi à dégoter une coloc à Paris. J'avais fait mes calculs. Avec la rémunération d'Adidas, mon argent de poche et les APL, je pouvais m'émanciper. C'était dans l'ordre des choses et j'en mourais d'envie. Au fond de moi, je savais sans doute que je ne prenais pas de risques inconsidérés. Même s'ils ne pouvaient pas me soutenir financièrement, mes parents n'étaient pas loin, je rentrais souvent le week-end. Je me suis dit « allez, feu, et si ça foire, ça sera pas un drame, j'aurai tenté ». L'appartement se situait sur les hauteurs de Belleville, au sixième étage sans ascenseur. Manon, une pote de Raph, y vivait déjà depuis quelque temps et une chambre s'était libérée. Il fallait qu'on la partage, tous les deux. Cette promiscuité ne nous dérangeait pas, de toute façon nous étions tout le temps dehors, occupés à rider. On a ramené nos vélos, une valise de fringues et un ordi, puis on a installé un lit superposé et on l'a joué en mode fratrie. Il y avait un grand salon dans lequel il nous arrivait même de tenter quelques figures mais l'unique salle de bain se trouvait dans la chambre de Manon, que nous devions donc traverser pour nous laver. C'était toute une organisation. Avec Raph, quand nous désirions un peu d'intimité, que nous n'étions pas seuls, on mettait un T-shirt sur la poignée de porte de notre piaule. C'était notre « ne pas déranger » à nous mais la technique n'a pas toujours fonctionné.

J'étais le pire des colocs. Un enfant en transition vers l'âge adulte. Je ne débarrassais pas la table et je ne faisais pas la vaisselle, je ne passais ni l'aspirateur ni la brosse après mon passage aux toilettes. J'étais bordélique et je laissais tout traîner. Dans la chambre, je dormais en bas et j'entassais mon linge sale au pied du lit jusqu'à ce que je n'aie plus un seul vêtement à enfiler. Le monticule puait, Raph se plaignait, il me demandait ce que j'attendais pour faire une lessive alors je finissais par aller à Épinay-sur-Orge pour rapporter l'objet de ses reproches au bercail. Manon aussi n'en pouvait plus. Dans la cuisine, je mettais du Nutella partout. Parfois, elle retrouvait des taches de cambouis, noires et grasses, sur sa brosse à cheveux. Il m'arrivait aussi d'abandonner mon vélo et ma tenue au milieu du salon, un caleçon sur un pegs, des chaussettes sur un autre et le reste à côté, comme si je m'étais téléporté ailleurs, dans ma chambre en l'occurrence, mes fringues s'échouant au sol au moment de ma volatilisation. À la fois stricte et protectrice, Manon ne me faisait aucune concession, elle me forçait à faire le ménage. C'était ma deuxième maman et, grâce à elle et à cette colocation, j'ai en quelque sorte appris la vie. Cette expérience a clairement été une bouffée de maturité.

À la maison, on faisait aussi beaucoup la fête. On organisait des soirées qui pouvaient dégénérer n'importe quel soir de la semaine. Quand on était bien chauds ou que les voisins craquaient, on descendait profiter de la nuit parisienne. À l'époque, on traînait au Baron, une boîte branchée près du pont de l'Alma ou encore au Paris Paris, boulevard Sébastopol. On rentrait tard, on dormait peu, et j'adorais aller rider avec la gueule de bois, suer peu à peu l'alcool consommé la veille dans cet état vaseux qui me rendait encore plus audacieux sur mon bike. J'essayais d'aller à la fac au moins une fois de temps en temps mais au bout de trois mois j'ai laissé tomber et je n'ai plus mis un pied à Jussieu. Faire la teuf et rider, cela me suffisait. J'étais heureux comme ça. Avec Raph, Alex, Alain et l'appui de Koxx, une enseigne de vélo généraliste, on s'était aussi chauffé à créer un collectif, notre propre marque de pièces de BMX qu'on avait appelée « A bad thing » en référence au septième album de Michael Jackson intitulé *Bad* – « chan-mé » en argot. Il y avait là encore cette idée de mauvais garçons, de bad boys qui se prennent en main pour créer du matos qui leur correspond, rebelle et stylé. Pour moi, l'aventure a duré jusqu'en 2011, émaillée de trips entre potes, de démonstrations et de voyages à travers le monde.

Dans ma coloc du bonheur, je planais et, forcément, j'ai fini par redescendre sur Terre, en chute libre, au bout de quelques mois. Je ne sais pas si on peut vivre d'amour et d'eau fraîche mais en tous cas il est vite devenu compliqué de vivre de teuf et de BMX. Mes rétributions d'Adidas, mon argent de poche et mes APL fondaient comme neige au soleil, dilapidés en loyers, en restauration rapide et en tournées dans les bars. J'avais beau commencer à gagner des compétitions, à me faire un nom, je n'étais pas encore pro et rien ne disait d'ailleurs que je le serais vraiment un jour. Je m'étais emballé. Fébrile, j'examinais régulièrement mon compte en banque qui s'était métamorphosé en compte à rebours. À peine lancée, ma vie rêvée était déjà en faillite. Si ça continuait, je n'allais pas seulement devoir rapporter chez mes parents mon linge sale mais aussi ma grande carcasse, retrouver ma chambre au sous-sol et balancer mes ambitions à la cave. La fête était finie.

7

Sauvé par Red Bull

En février 2008, j'ai reçu un mail de David Sylla, manager d'athlètes chez Red Bull. Après des années de bataille juridique, la boisson énergisante s'apprêtait enfin à être autorisée dans l'Hexagone et l'entreprise recherchait des jeunes motivés pour participer à des campagnes de street marketing plus ou moins légales et sulfureuses, à son image. En l'occurrence, tourner quelques vidéos de BMX dans Paris et surtout aider Julien Dupont, champion français de moto trial, à rider sur le toit blanc en forme d'arche du Centre des Nouvelles Industries et Technologies (CNIT), à La Défense. Symbole du quartier d'affaires et de son parvis, le bâtiment constituait un emplacement idéal pour ce genre de publicité sauvage, un spot très exposé. Bien entendu, j'ai dit oui, un grand oui, survolté à l'idée de marcher dans la combine, d'être associé ne serait-ce que quelques heures à la marque qui « donne des ailes ». Raph aussi avait été contacté et on s'est préparé tels les membres d'un commando. Le jour J, en avril, on s'est pointé là-bas à 6 h du matin. Il y avait des chantiers aux alentours alors on avait enfilé des gilets fluos, comme les ouvriers, pour passer le plus inaperçus possible. Julien Dupont avait été transporté à l'arrière d'une camionnette blanche, garée dans un des tunnels longeant l'édifice. Au pas de course, on s'est dirigé vers les grilles et, pendant qu'il les escaladait, on a soulevé sa moto afin de lui faire franchir l'enceinte à elle aussi. Vêtu d'une tunique aux couleurs de Red Bull, le pilote a ensuite parcouru l'intégralité du toit glissant situé à cinquante mètres de hauteur, sous les regards étonnés des passants et des cadres en costard se rendant au boulot. La police n'a même pas eu le temps d'intervenir. Mission accomplie.

Son rodéo aérien n'a pas été le seul happening orchestré par la société autrichienne. À la même période, le Suisse Ueli Gegenschatz a sauté en parachute du troisième étage de la tour Eiffel et 150 Mini décapotables bleu acier venues de toute l'Europe ont sillonné la capitale, affublées de grosses canettes inclinées comme sur une rampe de lancement, prêtes à inonder le pays. Dans l'imaginaire collectif, en France tout du moins, la boisson avait mauvaise réputation. Décédé en 2022, l'un des fondateurs de l'entreprise, l'Autrichien Dietrich Mateschitz, a longtemps laissé circuler les rumeurs.

Lui qui, dans les années 1970, lors d'un voyage en Thaïlande, goûta par hasard ce rafraîchissement censé réduire les effets néfastes du manque de sommeil, avait bien compris la force du buzz, le pouvoir d'attraction du mystère et de l'interdit. En ce qui me concerne, ça fonctionnait à balles. Quand j'en buvais lors de compétitions à l'étranger, avant son autorisation en France, je croyais commettre une dinguerie : c'était transgressif donc c'était méga cool ! Pour nous, Raph, Alex, moi et les autres, Red Bull collait parfaitement à notre délire freestyle empreint de rébellion et de liberté, d'influence américaine, les X-Games, Jackass, toute cette mentalité badass. La marque était devenue une planète phare de notre galaxie.

Là encore, Dietrich Mateschitz avait bien calculé son coup. Avant d'investir massivement dans la Formule 1 et le football, l'homme d'affaires s'était d'abord jeté sur les action sports dont il était passionné, finançant des athlètes dans des disciplines telles que la voltige, le base jump, le wingsuit, l'enduro ou encore le surf et ses cousins urbains. De loin, je suivais les exploits d'un skateur californien de mon âge, Ryan Sheckler, ou encore ceux du Finlandais Martti Kuoppa et de l'Espagnol Viki Gomez, des pros de BMX flat qui comptaient parmi mes modèles et que j'allais bientôt côtoyer et affronter à travers le monde. Terry Adams, mon principal adversaire à la Voodoo Jam en 2007, avait également signé chez Red Bull. Tous avaient droit à leur casquette estampillée du logo de l'entreprise, deux taureaux rouges prêts à livrer bataille face au soleil couchant. Des modèles introuvables dans le commerce, réservés à l'élite. Croiser quelqu'un avec ce couvre-chef unique, c'est avoir l'assurance qu'il ou elle est un boss de sa pratique, et cette rareté bien entretenue aiguise d'autant plus l'appétit des athlètes en herbe, dont je faisais partie. À tort ou à raison, on s'est tous imaginés avec ce trésor sur la tête. Rejoindre la dream team. Être mis en orbite grâce à l'écurie des stars de notre univers underground. En la matière, il n'y avait pas mieux que Red Bull. Il n'y a toujours pas mieux, d'ailleurs. L'entreprise continue d'accompagner des gamins bourrés de talent dans leur carrière et leurs projets les plus utopiques, de les faire vivre et survivre, et avec eux des sports tout entiers.

Je l'ignorais mais la sollicitation de David Sylla était un test. Bien entendu, il ne m'avait pas écrit au hasard. Il savait qui j'étais, le petit jeune qui monte. Avant d'envisager une collaboration, il souhaitait vérifier si je correspondais à l'ADN de la marque. Voir à quel point j'étais disponible, à l'écoute, prêt à consacrer du temps à tout l'écosystème de l'entreprise, y compris pour des plans foireux, comme aller assister un inconnu et sa moto, aux aurores, à l'autre bout de la ville. J'avais aussi accepté sans rechigner de compléter une équipe de karting censée se relayer pendant 24 heures non-stop, sur un circuit aux abords de Paris. Je n'étais pas le roi du volant et j'avais dû conduire sous la pluie, en pleine nuit, sans pouvoir m'épargner une sortie de route dans les pneus de protection du bas-côté. J'étais tellement stressé qu'à force de serrer la mâchoire sous mon casque, elle s'était bloquée. J'avais mis deux jours à pouvoir rouvrir correctement la bouche. Pour répondre à l'appel un maximum de fois, je n'ai pas eu besoin de forcer ma nature. J'étais déjà fan de ce que la marque représentait et j'ai apprécié l'ambiance dans laquelle j'ai baigné. Je passais discuter dans les bureaux, j'honorais tous les rendez-vous en étant ponctuel et de bonne humeur. Et puis un jour, David est arrivé face à moi avec dans ses mains une casquette. La casquette. Il m'a dit bienvenue dans l'équipe et j'ai failli tomber de ma chaise. À l'aube de mes 19 ans, je devenais le premier athlète français de BMX à signer chez Red Bull.

Leur confiance a tout changé. Sans ce nouveau contrat de partenariat, mon chemin aurait sans doute bifurqué. J'aurais quitté Manon, Raph et notre coloc de Belleville. Je serais peut-être retourné à la fac d'anglais, j'aurais fini prof ou traducteur, continuant de rider pour le plaisir sans en faire mon métier et je suis sûr que je n'aurais pas été malheureux. Quand même, j'ai bien fait de répondre par l'affirmative à ce mail de l'hiver 2008, et je crois que ma facilité à dire oui n'a jamais cessé de m'ouvrir des portes. J'aime me définir comme un « yes man ». À de rares occasions, ce trait de caractère n'apporte rien, on dit OK et on se demande ce qu'on fout là mais, le plus souvent, on ressort enrichi d'une rencontre, d'une idée, d'une compétence ou juste d'un moment agréable qui fait une bonne histoire à raconter aux potes. Là, c'est carrément mon quotidien qui a été bouleversé. Grâce à Red Bull, le compte à rebours s'est arrêté. Plus de galères de tunes ni de doutes sur l'avenir, mon partenaire m'assurait de quoi subvenir à mes besoins élémentaires, me soutenait financièrement pour mes compétitions et mes voyages, me donnait accès à une nouvelle exposition médiatique. Une mise sur orbite, pour moi et pour mon sport, le BMX flat. En échange, je devais persister à faire mes preuves, performer, gagner des titres, devenir le boss de ma discipline pour mériter la casquette.

Très vite, j'ai aussi eu l'opportunité de laisser libre cours à mes envies folles, d'organiser mes propres événements, tel le Red Bull Flat Jazz au Cabaret Sauvage, à Paris. Plus tôt, dans ma période hyperactive qui ne s'est jamais vraiment interrompue, j'ai fait du solfège et je me suis pris d'affection pour la batterie. La mienne trône encore dans ma chambre d'ado, au sous-sol de chez mes parents. Grâce à l'instrument, je suis certain d'avoir développé des aptitudes qui me servent sur le vélo, des réflexes, des facultés de coordination, une capacité à désolidariser les mouvements de mes mains de ceux de mes pieds. À l'époque des « Riders in the shit », on avait même créé un groupe. On s'appelait les « Pourquoi pas ». J'ai toujours eu un faible pour la musique. Elle accompagne tous nos run, elle est indissociable de notre sport. Sans elle, la danse sur selle perdrait de sa saveur. Pour moi, il y a de vraies similitudes entre le flat et le jazz, par exemple. Ces pratiques exigent une maîtrise des bases, en l'occurrence des figures ou des mélodies et puis, pour faire la différence, une originalité, une âme, un souffle, quelque chose de très personnel. De cette comparaison m'est venu ce projet, réunir sur une même scène des riders de BMX flat et des musiciens de jazz. D'un côté, Alexandre Jumelin, Viki Gomez, le Japonais Yohei Uchino et moi, improvisant des enchaînements. De l'autre, « Les Vautours », un groupe francilien composé de quatre membres, chanteur, guitariste, batteur et bassiste. Red Bull a tout de suite été emballé et on a organisé des soirées géniales.

Les démonstrations aussi ont pris une autre ampleur, planétaire. Plus qu'un partenaire, la marque était mon tour opérateur, exaltant encore davantage mon appétit pour les voyages, y compris vers des destinations improbables. Un jour, je me suis retrouvé sous les projecteurs de l'opéra national d'Ukraine, à Kiev, aux côtés du rider lettonien Eduards Zunda. Dans la salle, 20 000 personnes étaient réunies pour assister à la remise du prix du sportif national de l'année. L'événement était retransmis en direct à la télévision. Sur scène, une rampe avait été installée et on devait faire le show pendant quelques minutes pour amorcer la soirée. C'était la première fois que je me produisais de cette façon à l'étranger, hors compétition, mais je n'ai pas du tout flippé, j'ai même adoré ça. Surtout la teuf qui a suivi. À tel point que je me suis réveillé le lendemain, seul dans la boîte de nuit vidée de tous ses clients, la batterie de mon téléphone déchargée, pas longtemps avant mon vol retour que j'ai passé la tête au-dessus d'un sac à vomi pas loin de déborder. J'étais jeune et j'avais encore du mal à mesurer mon enthousiasme, électrisé par la tournure que prenait subitement ma carrière. Comme les canettes sur le toit des Mini, j'étais sur une rampe de lancement. Tout était en ordre pour que je sois propulsé le plus loin possible, avec mes nouvelles ailes. Encore fallait-il ne pas foirer le décollage.

8

Le meilleur du monde

Quelques mois après avoir signé chez Red Bull au printemps, l'occasion de confirmer ou non les attentes qu'on avait placées en moi s'est présentée. En octobre, je me suis envolé pour le Japon afin de participer au King of Ground, une compétition mythique de la scène BMX, tel un tournoi du Grand Chelem au tennis, et qui constituait alors la dernière des quatre manches de Coupe du monde de la saison – le titre mondial étant décerné au rider le plus performant sur l'ensemble de ces quatre manches. L'année précédente, je n'avais pas pu y défendre mes chances. Après mes voyages aux États-Unis pour la Voodoo Jam et la NORA Cup, j'étais à sec, contraint de regarder de loin, depuis l'Europe, mes concurrents en découdre. En 2008, le scénario aurait pu se reproduire. Déjà en difficulté pour régler mon loyer de Belleville, je pouvais toujours courir pour me payer un séjour à Tokyo. Heureusement, grâce à Red Bull, je n'avais plus à me soucier de la logistique, du prix des billets d'avion ni du coût onéreux de la vie sur place. J'avais juste à assurer sur l'aire de flat, envoyer valdinguer la porte dans laquelle je venais de mettre le pied. J'étais conscient des enjeux. On ne m'a pas épargné parce que j'étais jeune. Les contreparties étaient claires. Je savais que le renouvellement de mon contrat d'un an avec mon partenaire principal dépendrait de mes résultats, que des bonus étaient prévus mais uniquement en cas de sacre mondial, bref, que ce n'était pas non plus open bar. Du donnant donnant. J'aurais pu être tétanisé par la pression mais ma réaction a été de m'entraîner plus dur encore, d'ajouter d'autres tricks à ma panoplie. J'étais déterminé et je ne comptais pas faire le déplacement dans le pays du soleil levant simplement pour visiter des temples et manger des ramens.

Après la France, l'archipel du Japon est l'endroit où j'ai le plus séjourné au cours de ma carrière. C'est ma deuxième maison, la Mecque du BMX flatland. Là-bas, l'industrie est florissante, le nombre d'adeptes ne cesse de croître et les riders professionnels sont de véritables stars. Il n'y a pas de raison majeure à un tel engouement, plutôt un faisceau d'explications. L'affection des Japonais pour les sports américains en est une, à l'image du baseball. Autre élément, la patience requise pour atteindre le haut niveau. Maîtriser les figures représente un travail de longue haleine, un labeur même, répétitif, qui nécessite du flegme, de la concentration et de la persévérance. Des caractéristiques correspondant parfaitement à la mentalité locale. Et puis, le flat est la pratique la plus sobre du BMX freestyle. Pas besoin de débouler à fond dans des escaliers, de sauter sur des rampes au milieu des badauds, de déranger quiconque en faisant du bruit. Au sein de l'espace public en question, on n'admet pas vraiment ce genre de désordre. Danser sur sa selle transpire davantage la sérénité. Enfin, il ne faut pas oublier que, pour les acteurs d'*E.T., L'Extraterrestre*, Steven Spielberg avait opté pour des vélos japonais de la marque Kuwahara, ce qui a contribué à leur succès auprès des gamins du pays et du monde entier.

Depuis plusieurs décennies, les Nippons se distinguent donc sur leur monture par une époustouflante habileté, et notre discipline est aujourd'hui dominée par une nouvelle génération de riders issus de l'archipel, imbattables ou presque. Ces cracks savent tout faire sur la roue arrière, à l'aise le bike en l'air tels des funambules sur un fil tendu en plein ciel, l'équilibre chevillé au corps. Techniquement, leurs chorégraphies sont ambitieuses, fluides, belles à voir, un ballet sans ballerines mais avec des types en jeans se grandissant sur leurs pegs ou leurs pédales, faute de pointes. À mes débuts, j'avais eu vent de leur brio, ce qui n'a fait que renforcer mon intérêt pour cette culture. J'étais accro à *Dragon Ball Z*, un manga culte dans lequel les personnages combattants s'entraînent parfois dans une « Salle de l'Esprit et du Temps ». Au sein de ce lieu enchanteur, une minute équivaut à des heures, et les protagonistes en ressortent avec un potentiel décuplé. Entre potes, on s'amusait à dire que les flatlanders japonais devaient eux aussi avoir leur « Salle de l'Esprit et du Temps », et que pour réussir à les battre il n'y avait qu'une solution, il fallait se rendre sur place et trouver un moyen d'y entrer, de percer leur secret.

J'ai dû patienter jusqu'à mes 19 ans pour fouler la terre de ces champions. Comme d'habitude, j'étais accompagné des grands frères, Raph, Alex, Alain, toute la bande « A bad thing ». À de nombreuses reprises, ils m'avaient partagé leur expérience du Japon, attisant ma curiosité. Je m'attendais à me sentir dépaysé, à perdre mes repères, à plonger dans une atmosphère totalement différente de la nôtre. J'ai compris en arrivant que leurs récits n'avaient pas suffi à planter le décor avec exactitude. Leurs descriptions s'avéraient en-deçà de la réalité. Ma rencontre avec ce pays m'a chamboulé, un choc, une compilation d'excentricités. Tout était déroutant : les panneaux composés de caractères indéchiffrables ; la difficulté à communiquer en anglais avec les autochtones, pas super fluides dans la langue de Shakespeare ; la sensation d'un gap technologique, d'être projeté dans un ailleurs futuriste. À l'aéroport de Narita, on a pris un bus qui met deux heures à atteindre le centre de Tokyo et j'ouvrais des yeux immenses en éprouvant la densité, toutes ces routes qui se croisent, les buildings qui se serrent, bien plus qu'aux États-Unis, les LED illuminant les façades de la ville entière et lui donnant des airs de vaisseau spatial, les groupes d'écoliers en uniforme et puis tous ces distributeurs automatiques fourmillant de cafés, de boissons sucrées, vitaminées, qui deviendront ma madeleine de Proust lors de mes voyages au Japon. Il y a là-bas une énergie singulière dont je crois être instantanément tombé amoureux.

Au fond du bus, on était déchaînés. Une nouvelle colo démarrait. On riait, on se charriait, on jouait à des jeux débiles dont un classique, s'inciter les uns les autres à regarder vers un cercle qu'on formait avec le pouce et l'index, un piège qui, s'il fonctionnait, était passible d'une punition : un coup de poing dans l'épaule. Les grands frères étaient plus vieux mais toujours des gamins dans l'âme. Nous disposions de dix jours avant la compétition pour faire les touristes, se perdre dans le quartier de Shinjuku et ses lumières, aller checker la Tokyo Tower et sa dégaine de bébé tour Eiffel, s'embarquer pour de longues sessions de shopping, commander des plats au hasard dans les restaurants, les menus étant tout autant indéchiffrables que les panneaux directionnels. Heureusement qu'il y avait Yohei Uchino, l'un des riders de BMX flat les plus talentueux du Japon, pour nous guider et nous enseigner que les meilleures cantines sont souvent perdues dans le dédale des étages des gratte-ciels, sans rien pour indiquer leur présence, en mode si tu sais pas, tu sais pas. C'était notre pote et on dormait chez lui, dans le quartier d'Ikebukuro, au nord-ouest de la ville. On laissait nos vélos dehors, à l'extérieur de la maison, et je peinais à intégrer le fait que nous n'avions pas besoin de les attacher : dans ce pays, le vol est un déshonneur. En guise de lits, celui que tout le monde surnommait Ucchie avait disposé des tatamis sur le sol, dans une pièce de la taille d'un dressing. Quand j'y repense, pour des types à l'aube de disputer la compétition la plus importante de leur saison, les conditions n'étaient pas optimales mais ça nous allait, on ne se considérait alors pas comme des athlètes de haut niveau, bien plus comme une bande de copains qui géraient dans leur sport. La seule chose qui nous inquiétait, rassemblés dans ce dortoir minuscule, c'était Dark Vador, le blase qu'on avait donné à Alex dont les ronflements pouvaient nous faire passer du côté obscur du sommeil, autrement dit l'insomnie.

Bien sûr, on s'entraînait dès qu'on pouvait. À la salle de sport, certains d'entre nous ressemblaient à des momies, perclus de pansements ou de straps pour dissimuler nos tatouages qui, au Japon, demeurent l'apanage des gangs et n'ont pas bonne réputation. À l'époque, je n'en avais qu'un, l'inscription *Rock'n'Roll* sur l'avant-bras gauche, le premier d'une longue série. Cela peut paraître paradoxal vu à quel point j'en suis recouvert, mais je n'ai jamais développé d'obsession pour les tatouages. Ils ont d'abord été un marqueur, une espèce de rite d'intégration à la culture du BMX freestyle. Avec les fringues, l'attitude et le vocabulaire, ces dessins sur ma peau participaient d'un style global à arborer, et comme n'importe quel novice avide d'être intégré dans le monde qu'il vénère, je ressentais le besoin d'imiter mes pairs. La situation a dégénéré lorsque je suis devenu pote avec des tatoueurs, c'était facile, et il y a eu des périodes où chaque soirée, chaque voyage étaient l'occasion d'en ajouter un. Sur mon corps s'est ancré un pense-bête de mes histoires. Je trouvais ça fun et je n'en regrette aucun, ils font partie de mon personnage. Mais il n'y a pas de symbolique particulière à aller chercher derrière tel ou tel tatouage, ils sont là, c'est juste moi.

Pour être champion du monde cette année-là, je savais ce qu'il me restait à faire : réaliser une meilleure performance que Sam Foakes, mon concurrent direct. Les puristes admiraient la manière de rider du Britannique, impressionnant dans son contrôle du vélo, sa faculté à le faire avancer et tourner, debout sur une roue, sans les mains, à la seule force de ses coups de reins. Tout en reconnaissant ses qualités techniques, d'autres trouvaient ses chorégraphies ennuyeuses et j'assume avoir pensé cela moi aussi. C'était un gars sérieux, un bosseur, pas facile à motiver pour boire des coups la veille des run. Notre opposition représentait deux versions bien distinctes du flat de l'époque, sur la selle autant qu'ailleurs. Pour reprendre une métaphore de jeunesse, lui c'était l'intello, le premier de la classe avec ses cahiers bien en ordre. Nous, toute l'équipe des Stereo Panda, on incarnait davantage les mecs populaires, ceux qui avaient des bonnes notes soi-disant sans trop forcer et avec qui les autres voulaient traîner. En tout cas, Sam Foakes ne se serait jamais retrouvé dans mon état à deux jours de l'échéance. Nos jeux d'ados attardés avaient fini par tourner à la catastrophe. Les coups de poing qu'on s'envoyait dans l'épaule étaient chaque fois plus violents, jusqu'à ce que l'un d'entre eux me fasse perdre toute la sensibilité de mon bras droit. L'hématome me faisait souffrir, je n'arrivais plus à serrer ma main autour de mon guidon, encore moins à soulever mon bike. Je m'imaginais devoir déclarer forfait à cause d'une telle connerie, passer à côté du titre, me décevoir moi et mes proches, Red Bull. J'en ai chialé de trouille et de colère.

L'événement avait lieu à Asakusa, un quartier de Tokyo bâti autour de temples et de commerces traditionnels. On ridait à l'intérieur d'une grande halle, une sorte de marché couvert bondé de spectateurs. Au tirage au sort, Sam Foakes et moi avons été dispatchés de chaque côté du tableau. Si nous remportions toutes nos battles, le titre mondial se jouerait lors d'un duel final. J'ai enchaîné les victoires, me défaisant de l'Américain Terry Adams en quart et de notre hôte, Ucchie, en demi. J'avais retrouvé l'usage de mon bras et j'étais prêt à ne rien lâcher. J'avais aussi le public dans la poche. À leurs yeux, j'étais encore le petit jeune en pleine ascension, le vainqueur de la NORA Cup en 2007, l'année passée, la relève du flat. Le Britannique avait également triomphé lors de toutes ses battles et le choc annoncé allait bel et bien avoir lieu. J'ai perdu contre lui à shifumi et j'ai dû m'élancer en premier, ce qui peut représenter un désavantage, mieux vaut avoir en tête ce qu'a fait l'adversaire pour adapter son riding, et puis la prestation du dernier à s'élancer demeure plus fraîche dans l'esprit des juges. Peu importe. Pas le choix de toute façon, il fallait y aller.

J'ai commencé fort, avec des figures de mon invention que j'étais le seul à maîtriser. J'ai d'abord escaladé mon vélo les pieds sur les pédales, ce qui était rare à l'époque, les riders préférant grimper sur les repose-pieds pour entreprendre leurs mouvements. Ensuite, j'ai empilé les « boomerangs », une succession de pirouettes sur moi-même à 360 degrés, le guidon dans le dos. En sortant proprement de mon enchaînement, sans tomber, j'ai lancé un regard aux autres au milieu de la foule, Alex et Raph, mon clan. J'avais besoin de leur assentiment et j'ai senti à leur mine que j'avais bien débuté la partie. Sam Foakes a été brillant lui aussi, techniquement redoutable, offrant au public une proposition totalement différente de la mienne. D'ailleurs, nous aurions été mutuellement incapables de reproduire ce que notre adversaire accomplissait, c'est ce qui crée en partie la beauté de notre sport, les diverses manières de s'en emparer. Debout, quasi statique sur son bike, il le faisait évoluer autour de lui en mode whiplash, en utilisant pour avancer, tourner, danser, la seule force de son corps. Là où il était moins habile, c'était pour faire le show, semblant oublier qu'un contest de flat, surtout organisé en battles, porte toujours en lui le même ADN, la rue, la frime, l'audace. Moi, du haut de mes 19 ans, je haranguais le public avec un large sourire et de grands gestes, déterminé à lui plaire, à l'avoir dans mon camp.

Mon deuxième passage s'est beaucoup moins bien déroulé. La virtuosité de mon concurrent m'avait rendu fébrile. Quatre tentatives, trois chutes. Horrible. J'étais en train de perdre. D'autant que derrière, le Britannique a encore assuré. Je n'avais pas d'autres options que de prendre davantage de risques. Le fameux ça passe ou ça casse. Dans les trente dernières secondes de la battle, j'ai envoyé une figure que je ne réussissais quasiment jamais à l'entraînement, un 360° encore plus ambitieux, en allant chercher la selle à l'aveugle, dans mon dos, pour ne pas m'écrouler sur le sol. Le miracle a eu lieu. J'ai réussi à l'attraper. Comme si mon complice métallique m'avait tendu la main pour me sauver. Déstabilisé, Sam Foakes s'est emmêlé les pinceaux lors de son ultime passage et a mis le pied à terre à plusieurs reprises. Pour les juges, nous départager allait être ardu. Alors, je ne sais plus trop ce qui m'a pris mais, le temps imparti ayant beau être arrivé à son terme, j'ai ridé encore, au culot, façon street. Au diable le chrono et les règles, le freestyle c'est la liberté et j'ai senti à la rumeur qui bruissait parmi les spectateurs qu'ils en avaient envie, qu'ils en voulaient encore, c'était une finale de championnat du monde qui se jouait sous leurs yeux. Aujourd'hui que le BMX est régi par l'Union Cycliste Internationale (UCI), le scénario ne serait plus possible. Les officiels m'auraient pris pour un dingue, comme un arbitre contemplerait ahuri un joueur de foot quémandant une dernière action alors qu'il venait de siffler la fin du match. Mais on ne refait pas l'histoire. J'y suis retourné et j'ai sorti un gros enchaînement, virevoltant sur ma roue arrière, sans tomber, contrairement à mon adversaire qui s'est lui aussi senti obligé d'essayer un dernier tricks. J'en ai fait des tonnes, dès avant l'issue de la délibération, en sautant dans les bras des potes alors que je n'avais aucune idée de ce que les juges allaient décider. En réalité, on méritait tous les deux la victoire mais ce soir-là, j'ai gagné à l'intox, au panache. Ce premier sacre mondial tombait à point nommé. Il venait consacrer ma collaboration avec Red Bull, mon début de carrière sur les chapeaux de roue. J'avais surtout la sensation, enfin, de pouvoir prononcer cette phrase qui me faisait rêver depuis que j'étais gamin : j'étais rider professionnel.

9

Globe-trotter

Je n'ai pas pu me passer très longtemps du Japon. J'y suis retourné l'année suivante, au printemps 2009, pour trois mois. J'avais envie de rester plus longtemps dans le pays afin de m'immerger dans sa culture, de progresser aux côtés des plus forts et, qui sait, de débusquer enfin la fameuse « Salle de l'Esprit et du Temps ». Ce nouveau voyage était aussi l'occasion de faire la promotion de notre marque « A Bad Thing » qui commençait à séduire les riders du monde entier, et de tourner des images en vue d'un DVD. Cette fois-ci, j'étais parti seul, sans les grands frères, l'ambiance euphorisante du groupe et les coups de poing sur l'épaule. Il fallait bien s'émanciper un jour, comme avec les parents, tracer son propre chemin. Sur place, j'ai retrouvé le quartier d'Ikebukuro et la maison de mon pote Ucchie, une vraie chambre à la place du dressing jonché de tatamis. On faisait du vélo non-stop, des entraînements ou des démonstrations, à Tokyo ou ailleurs. On prenait souvent le Shinkansen pour se déplacer et j'étais toujours aussi fan de l'atmosphère futuriste qui régnait là-bas, de ces trains ultrarapides qui nous conduisaient vers Osaka, Kobe, plein d'autres villes compactes et denses, intenses, avec toujours des centaines de pratiquants de BMX flat qui venaient à notre rencontre. J'avais la sensation d'être une mini rock star en tournée, de vivre de ma passion la journée et de m'éclater le soir en faisant la fête. Pour mes 20 ans, en mai, Ucchie s'était arrangé pour réserver un hôtel de luxe et inviter plein d'amis à lui, des sportifs, des DJs, des mannequins. C'était incroyable de célébrer de cette manière mon basculement dans la vingtaine.

Lors de ce trip au Japon, je me suis mis à relater mes aventures au quotidien sur mon OverBlog, une plateforme à l'ancienne pour raconter sa vie, un des ancêtres des réseaux sociaux. J'ai toujours aimé garder une trace de mes délires. Déjà, à l'époque des « Riders in the shit », on avait un MySpace qui nous permettait d'héberger toutes les vidéos qu'on enregistrait avec notre mini caméra, façon Jackass. Cette appétence pour la documentation me vient sans doute en partie de ma mère : elle conserve tout, les photos bien sûr mais aussi les bulletins de notes, les diplômes, les lettres de motivation. Il y a chez mes parents des cartons entiers remplis d'archives en tous genres. En bon représentant de la génération Y – ou Millenials –, mes archives à moi se stockaient via l'ordinateur, sur Internet. Le soir ou dès que j'avais un moment, je me posais devant un écran pour remplir ce carnet de voyages en ligne, extérioriser toutes les émotions que j'emmagasinais. Avec Ucchie, c'était génial, mais il y avait la barrière de la langue, il ne parle pas très bien l'anglais et nous ne parvenions pas à communiquer en détail sur nos ressentis. Je me sentais peut-être aussi un peu seul, pour la première fois si longtemps loin des miens. En tout cas, je ne ratais pas une occasion de partager mes expériences. Je kiffais ça, offrir à mes proches et à tous ceux que mon parcours intéressait une fenêtre privilégiée sur mes activités. Au-delà du bien-être que cela me procurait, j'avais conscience que mon existence prenait un virage extraordinaire, qu'elle pouvait inspirer des tas de jeunes qui, comme moi, rêvaient de passer leur temps sur la selle de leur BMX, de voyager, de gagner des compétitions, et d'être payé pour tout ça. M'exposer ainsi faisait partie du job, j'en avais fait un devoir. Je n'avais alors pas saisi à quel point cette aisance à créer du contenu contribuerait à la solidité de ma carrière d'athlète professionnel.

C'est à peu près à cette période que j'ai rencontré Guillaume Valladeau, mon agent. Il était venu me voir lors d'un contest à Pessac, dans la banlieue de Bordeaux. Il voulait qu'on travaille ensemble et moi je n'arrivais pas bien à cerner ce qu'il pouvait m'apporter. Il m'a demandé de le laisser faire ses preuves et il m'a recontacté quelques mois plus tard en me proposant une collaboration avec la marque Casio, pour leur gamme de montres G-Shock. Afin de faire la promotion de leur produit, l'entreprise désirait constituer une équipe d'athlètes de sports d'action, dont le skate, le surf, le snowboard et le BMX. J'étais ravi et j'ai dit oui, comme souvent, puis par la suite c'est moi qui ai rappelé Guillaume à la veille de renégocier mon contrat avec Red Bull. C'était le genre de moment intimidant que personne ne m'avait appris à gérer, comme la plupart des sportifs professionnels. Sans rien attendre en retour, il m'a fourni ses meilleurs conseils et je suis ressorti de chez mon partenaire principal avec des revenus à venir qui dépassaient largement ce que je n'aurais jamais osé demander. J'ai fini par comprendre en quoi Guillaume pouvait m'aider et depuis, il n'est plus jamais sorti de ma carrière ni de ma vie. Il a rencontré mes parents et mes amis, en est devenu un. Il m'a présenté un comptable, m'a permis de me structurer et mon parcours n'aurait sans doute pas été le même sans lui. J'ai conscience que toutes les expériences avec les agents ne se valent pas mais, dans le haut niveau, être accompagné me paraît indispensable. Il faut savoir bien s'entourer. Cela aussi fait partie du job.

Dans la foulée, j'ai signé un autre partenariat avec Orange, Sosh plus particulièrement, une de leurs filiales consacrée aux jeunes. L'opérateur voulait aussi surfer sur la mode des sports de glisse ou urbains, attirer des athlètes susceptibles de leur fournir de la visibilité auprès de leur public. Avec le skateur Samuel Partaix et Maxime Charveron, un rider de BMX spécialisé en street, on a tourné une foule d'épisodes d'une websérie intitulée « Ride Sessions ». Je me mettais en scène sur mon vélo, à décortiquer des tricks, ou alors pendant une séance de renforcement musculaire au Jardin du Luxembourg avec un coach. On m'a même filmé en train de me faire tatouer le mollet après avoir tiré au sort le dessin qui allait le recouvrir – en l'occurrence le portrait de Tom Selleck, l'acteur phare de la série américaine *Magnum*. C'était cool, les prémices de l'enthousiasme pour les réseaux sociaux tels qu'on les connaît aujourd'hui, et surtout le début de l'influence, la prise de conscience par les marques des publicités ambulantes que peuvent représenter les athlètes. Pour nous, c'était une possibilité supplémentaire de gagner de l'argent, de nous professionnaliser au-delà des compétitions et de la performance. Début 2013, « Ride Sessions » a débouché sur un projet d'une tout autre envergure, un voyage de deux mois en camping-car en

Australie, un rêve de plus au compteur, moi qui avais toujours voulu parcourir la planète en van, entre potes.

Avec la bande, on a débarqué à Brisbane, à l'est du pays. L'idée était de vadrouiller jusqu'à Adélaïde, plus au sud, de trouver des spots pour s'entraîner dans nos disciplines respectives, de se faire kiffer en tournant des images et chaque jour d'interagir avec nos communautés, de leur partager en direct nos pérégrinations. Il faut dire qu'à la base, nous n'étions pas super chauds sur le principe. Même si j'avais pris l'habitude de narrer mes aventures sur mon OverBlog, l'approche des réseaux sociaux était toute neuve et pas forcément bien vue dans notre milieu. Comme dans chaque culture définie comme underground, il y a dans le BMX freestyle une propension à cultiver une forme d'entre-soi, des valeurs intrinsèques à respecter, des codes de conduite loués ou bien proscrits qui définissent ce qui est « core » ou ce qui ne l'est pas. Autrement dit, ce qui est considéré comme pur, en cohérence avec l'état d'esprit originel du groupe. Or, pour certains, faire le mariole sur Facebook et Instagram, ce n'était pas très « core », cela revenait à se renier, à rompre avec l'essence rebelle de notre discipline, à faire comme tout le monde alors que nous nous considérions à part. Pourtant, en Australie, nous avons pris goût à ces rendez-vous virtuels quotidiens et aujourd'hui je peux le dire, être « core » a ses limites, il y a un équilibre à trouver entre cultiver cet entre-soi et s'ouvrir au grand public. Jamais le BMX, et encore moins le flat, n'auraient émergé sur la scène du cyclisme mondial voire de l'olympisme si nous nous étions contentés de rider entre nous.

Je ne suis pas près d'oublier ce road-trip. On a longé la côte par sauts de puce, jusqu'à Melbourne. On a même fait un détour par la Tasmanie, cette île du bout du monde où des locaux nous demandaient des photos parce qu'ils n'avaient jamais croisé de Français, encore moins avec des dégaines de riders. À l'image du Japon mais dans un autre genre, l'Australie dépayse. Puissamment. Son immensité déboussole, ses grands espaces, sa faune et sa flore, sa nature sauvage. Et puis il y a ces routes interminables et rectilignes sur lesquelles nous conduisions pendant des jours entiers. Nous voulions absolument atteindre Ayers Rock, cette gigantesque masse rocheuse aux teintes rouges qui émerge de la plaine tel un iceberg en plein cœur du pays. Depuis Adélaïde, nous en avions pour seize heures de route en mode tout droit, le type de trajet improbable où la voix de ton GPS te dit : « Dans 1600 kilomètres, tournez à gauche. » Autour, rien. Des terres inhospitalières pour l'homme. Il fallait penser aux provisions, de l'eau en jerrycans, de l'essence aussi. Sur le chemin, les stations-services sont rares. Dans l'une des dernières que nous avons croisées, le gérant nous a conseillé de nous placer derrière un road train, ces camions aux multiples remorques mesurant des dizaines de mètres, des trains roulants dédiés au fret et munis à l'avant de boucliers pour les protéger des accrochages avec le bétail, des kangourous notamment, attirés la nuit par les phares des véhicules. En gros, si on ne voulait pas finir nez à nez avec un marsupial encastré dans le pare-brise de notre camping-car, mieux valait se placer dans le sillage d'un géant des routes australiennes. En prenant le volant, j'ai appliqué ce conseil et je me suis calé derrière l'un d'entre eux. On venait de tirer quelques taffes sur un joint pour rendre le voyage encore plus joyeux, le ciel était étoilé de fou, j'avais mon poisson-pilote, j'étais bien. À mes côtés, les autres dormaient. D'un coup, j'ai vu le road train osciller, d'abord un peu puis en faisant de grandes embardées, comme un serpent se réveillant doucement avant d'onduler de plus en plus vigoureusement. Pendant une fraction de seconde, je me suis demandé si j'avais un peu trop fumé mais non, emporté par sa force centrifuge après un écart, le camion était en train de vaciller et de se démembrer. J'ai pilé pour ne pas percuter les remorques chavirant sur l'asphalte. Les potes pensaient qu'on venait de se crasher et on a été bons pour une grosse frayeur et quelques heures d'attente avec le chauffeur, sain et sauf mais secoué. Il s'était assoupi.

À notre retour, ces souvenirs d'Australie ont été compilés dans un film documentaire baptisé *Antipodes*. Il a été diffusé au cinéma et a même remporté plusieurs prix. Quelques mois plus tard, on est repartis en Californie pour un séjour similaire, ça s'appelait « Couch Riding », la journée on s'entraînait et le soir on squattait chez l'habitant, sur leur canapé. On a tous halluciné de la réussite de ces projets. Le plus étonnant était la collision entre le virtuel et le réel, voir des gens venir nous trouver pour nous dire qu'ils avaient adoré nous suivre à l'autre bout du monde, via les réseaux sociaux, nous regarder rider ou faire les cons, vivre ces voyages par procuration. Je crois que c'est à ce moment-là que j'ai véritablement pris conscience de la puissance de ces médias. Pour moi, c'était non seulement un moyen de partager mes expériences comme j'aimais déjà le faire avec mon blog, au Japon, mais aussi de faire connaître davantage ma discipline, le flatland, d'en devenir un ambassadeur. Puisque j'en avais désormais l'opportunité, je tenais à accomplir cette mission, plonger en bombe dans la petite marre du BMX pour y créer des remous, transformer la flaque en océan. Faire en sorte que le flat n'y soit pas qu'une simple goutte mais une énorme vague, déferlante, que l'on voit venir de loin.

10

Imbattable

Entre 2008 et 2013, j'ai tout raflé. Après ce premier titre mondial au Japon, j'en ai remporté quatre autres de manière quasiment consécutive (2009, 2011, 2012, 2013). À Montpellier, je dominais régulièrement le FISE, décrochant des podiums et des victoires (2009, 2010). Du Circle Cow de Servon à la Ninja Spin en passant par des contests en Hongrie, en Espagne ou en Colombie, je ne voulais rien lâcher à la concurrence. Mon statut avait muté. Du petit jeune qui monte, je m'étais transfiguré en favori incontestable. J'étais intouchable. Seul l'Espagnol Viki Gomez, parfois, m'empêchait de triompher, comme en 2012 au Red Bull Circle of Balance, cet événement auquel j'avais été cette fois-ci invité après l'affront de l'édition 2007, qui m'avait valu un ordi explosé par terre et une crise de rage. En 2009, j'étais aussi retourné à Las Vegas pour recevoir un nouvel « oscar » de meilleur rider de l'année en BMX flat, une deuxième NORA Cup. Gravé sur la plaque du trophée, pas d'erreur : mon nom était correctement orthographié. Mon hégémonie ne laissait plus de place au doute.

La drogue de la gagne me consumait tout entier. Mes succès à répétition faisaient ressurgir le compétiteur qui sommeillait en moi. Il y avait le Matthias du quotidien, tranquille et jovial, et celui des compétitions qui ne supportait pas la défaite. Dans ma tête résonnaient les phrases que j'entendais mon père prononcer depuis l'enfance, « seule la première place compte » ou bien « quatrième, c'est la place du con ». Le connaissant, il ne tenait pas toujours ces propos sérieusement, lui qui se plaît à brouiller les pistes entre le premier et le second degré. Mais quand on est gosse, ces mots nous imprègnent, ils forgent des caractères. Au foot comme aux jeux de société, j'étais mauvais perdant. Adolescent, j'avais l'habitude de gagner tous les cross scolaires. Je me souviens d'une fois où, après avoir contrôlé la course, j'ai vu un adversaire sortir du bois sous mon nez, par un autre chemin. Il avait coupé. Je ne sais pas si c'était volontaire de sa part mais la situation m'a fait complètement disjoncter. J'ai accéléré et j'ai fini par le doubler dans le final et heureusement, sinon j'aurais mis plusieurs jours à avaler cette injustice.

Lorsque l'emporter devient systématique, les émotions qui accompagnent la réussite s'érodent.

Le curseur se déplace. On ne savoure plus les victoires que durant quelques minutes alors que les échecs prennent des semaines à être digérés. En 2009, lors d'une compétition à Cologne, une contre-performance m'est restée un moment en travers de la gorge. J'avais franchi sans forcer la barre des qualifications mais en revenant à l'hôtel, le soir, avec Alex et Raph, on s'est rendu compte que la météo du lendemain s'annonçait cataclysmique. De la pluie sans discontinuer. Impossible que le contest se tienne dans ces conditions. Ce constat ne nous a pas traumatisés, au contraire. Les intempéries à venir signifiaient qu'on allait pouvoir s'adonner sans retenue à une autre passion : se mettre une taule. On a pris l'apéro et on est sorti en boîte toute la nuit, jusqu'à 7 h du matin, et en rentrant dans la chambre on a continué à refaire le monde avant de s'endormir. Vers midi, Alex nous a réveillés en catastrophe : « Les gars, il y a une éclaircie, les finales vont commencer. » On a sauté dans nos fringues et sur nos bikes, encore bien éméchés de la veille. J'ai ridé correctement mais Raph a sorti le run de sa vie et les juges lui ont attribué la meilleure note. J'étais énervé, vexé, et j'ai tiré la tronche durant tout le trajet retour. À Paris, il a fallu que je visionne les images de la compétition pour admettre ma défaite, reconnaître que Raph avait été plus fort, me réjouir pour lui et enfin l'appeler pour le féliciter.

Régner entre amis sur une discipline n'a pas que des avantages. En BMX flat, le haut niveau est un théâtre minuscule dont la scène accueille souvent la même troupe. Chaque saison, nous n'étions qu'une dizaine à pouvoir prétendre aux honneurs mondiaux, idem lors d'événements moins prestigieux. On se connaissait tous. Pour la plupart on s'appréciait tous, voire on se considérait comme des frères à l'image de Raph, Alex, Ucchie et les Stereo Panda. Bien sûr, il y avait un temps consacré à la déconne, aux virées nocturnes et aux déambulations touristiques. Notre sport ne serait plus le même sans cette ambiance de groupe, de bande. Pour autant, lorsque le chronomètre démarrait, que la musique se lançait, il fallait mettre l'amitié de côté, se conditionner pour éliminer le pote qui t'accueillait dans sa maison, au Japon, ton coloc de Belleville ou encore la star dont les posters tapissaient les murs de ta chambre. C'était particulier, un mélange bizarre de sentiments, entre la chaleur rassurante d'un environnement familier et la tension alimentée par l'enjeu. À une période, d'ailleurs, ma complicité avec Alexandre Jumelin s'est détériorée. La phase du Jedi et de son Padawan avait vécu et la concurrence a menacé notre relation. De sa part, j'ai ressenti une forme de jalousie et de défiance, des taquineries que je ne parvenais plus à prendre à la rigolade. De mon côté, peut-être ai-je moi aussi mal interprété certains comportements. On s'en est parlé et les choses sont vite rentrées dans l'ordre mais maintenir une compétition saine, à ce niveau de performance, demande forcément des efforts et des ajustements.

Je n'étais jamais rassasié de victoires mais j'ai peut-être trop gagné d'un coup. En tout cas, à l'époque de cette première fournée de sacres, j'ai senti le vent tourner. Passer d'outsider à numéro un représentait une évolution délicate à appréhender. Après l'engouement pour ma précocité et mon style sur le vélo, l'admiration pour mon palmarès qui s'étoffait à toute vitesse ou encore l'encensement par les médias et la communauté du BMX, le regard porté sur mes résultats a évolué. On s'attendait à ce que je monte sur la plus haute des marches à chaque compétition et certains se lassaient de ce scénario, un peu comme en Formule 1 avec Michael Schumacher ou Max Verstappen. D'abord, on s'émerveille du talent du pilote, de sa régularité et de sa suprématie. Et puis l'hégémonie agace et on se surprend à mater les Grand Prix non plus pour le voir vaincre mais pour le voir faillir. C'est cruel mais c'est humain. Depuis que nous sommes gamins, nous raffolons tous des histoires, elles nous aident à nous endormir, bousculent notre imaginaire. Mais lorsque les rebondissements se font rares, qu'on a l'impression d'avoir lu et relu plusieurs fois le même récit, on s'ennuie et on cherche de nouveau à être étonné. Le sport de haut niveau n'est pas épargné par ces penchants et c'est ce que j'ai vécu moi aussi, je crois, en tant que personnage principal d'une intrigue qui n'offrait plus vraiment de surprises.

J'ai essuyé des critiques. On disait que pour gagner, je proposais le minimum syndical, que je me reposais sur mes lauriers, me contentant d'exécuter mes figures habituelles. C'était parfois la réalité. J'avais inventé un paquet d'enchaînements. Je les avais tellement travaillés que je les maîtrisais à la perfection. J'avais en quelque sorte des années d'avance sur la concurrence. Pour tenir mes adversaires hors de portée, il me suffisait de reproduire ces tricks en compétition en réalisant un sans-faute et j'ai toujours été fidèle à l'expression bien connue : « La stratégie fait partie du jeu ». Qu'aurais-je dû faire ? Imaginer constamment des chorégraphies toujours plus ambitieuses, prendre à chaque run le risque de mettre le pied par terre et ainsi de voir une qualification ou une victoire m'échapper ? Quand je rentrais sur l'aire de flat, j'étais là pour gagner, être le meilleur, dans les règles de l'art. C'était aux autres de progresser, de me pousser dans mes retranchements, de me contraindre à sortir de ma routine et ils sont plusieurs à être alors parvenus à le faire. En revanche, tant que rien ne m'obligeait à puiser loin dans mes ressources pour assurer mes prestations, je n'avais aucune raison de me mettre moi-même dans une position périlleuse. C'était ma manière de voir les choses, ça l'est toujours, mais je comprends totalement que certains aient un avis différent.

Seulement voilà, en BMX flat, la vérité du terrain, celle du jour J, peut se retrouver altérée par des perceptions extérieures. À l'instar du patinage artistique, de la gymnastique rythmique ou encore de la natation synchronisée, la discipline est encadrée non pas par des arbitres mais par des juges. Pas de buts, de sets, d'essais ou bien de franchissement de ligne d'arrivée pour départager les athlètes mais des notes, basées sur des critères tels que l'originalité, la difficulté ou encore la fluidité de l'exécution. Ces juges sont des experts, formés, impartiaux, d'autant plus depuis que le sport a été placé sous l'égide de l'Union Cycliste Internationale (UCI), en 2018, mais ils n'en demeurent pas moins des femmes et des hommes, et non pas des robots. Ils ressentent, ils s'informent. Ils possèdent un libre-arbitre. Et il est naïf de croire que, parfois, des millièmes de point en plus ou en moins ne soient pas dévolus à une émotion, même inconsciente.

Au départ, je ne prêtais pas attention aux remarques qui circulaient, aux décisions qu'il m'arrivait de considérer étonnantes. J'étais aux anges, je vivais ma meilleure vie. J'entamais ma vingtaine et j'étais un rider professionnel soutenu par des sponsors, je gagnais quasiment à tous les coups, je voyageais, j'avais quitté Belleville et la coloc pour prendre mon propre appartement rue des Canettes, à Saint-Germain-des-Prés. En plus, j'étais tombé amoureux. Lors d'une fête, j'avais rencontré Katty Besnard, la chanteuse des Plasticines, un groupe de pop qui dans les années 2010 avait sa petite notoriété. Elle venait me soutenir lors des compétitions et moi j'allais la voir en concert. On sortait beaucoup. À travers elle, j'ai découvert l'univers des artistes en vue, des jeunes comme moi mais avec une manière encore plus radicale de s'envoyer en l'air. On traînait avec les BB Brunes, des bébés rockeurs qui avaient le vent en poupe, on faisait même des restos avec MGMT, un groupe américain qui cartonnait lui aussi. Les soirées se multipliaient, s'étiraient systématiquement jusque tard dans la nuit, et le matin j'allais m'entraîner avec des gueules de bois qui étaient plus handicapantes que désinhibantes.

Les critiques ont fini par me revenir aux oreilles mais là encore, je m'en foutais. Cela m'amusait d'entendre des réflexions du genre : « Oh mais Matthias est là ? Laisse tomber, on va se battre pour la deuxième place du coup. » Une fois, les organisateurs d'un contest étaient allés jusqu'à concevoir une affiche à l'américaine, façon western, avec ma tronche dessus affublée d'une cible et d'un « wanted » en caractère gras. C'était drôle, et même si cela traduisait une forme de lassitude, c'était rarement méchant. J'ai commencé à être contrarié lorsque j'ai senti que cette atmosphère influençait les juges, que certaines de leurs décisions perdaient en rationalité, qu'ils préféraient parfois récompenser un type sorti de nulle part qui avait fait un run singulier plutôt que le champion qui maîtrisait son sujet. Ces attitudes m'ont exaspéré. Je ne me déplaçais pas pour finir deuxième ou troisième, faire de la figuration ni subir leurs états d'âme. Une année, à Lyon, il y a eu la goutte d'eau. Je ressentais de l'animosité à mon égard et malgré une prestation largement au-dessus de celles des autres riders, j'ai été classé second. Je suis devenu fou. J'ai quitté le gymnase furieux, je suis monté dans ma voiture et je me rappelle encore taper de colère sur le volant en conduisant. Je n'arrivais pas à encaisser ce revers que je n'estimais pas mérité. J'étais en mode : « Ah ouais bande de bâtards, vous en avez marre, vous ne voulez plus de moi ? Je vais lâcher le flat et ce sera tant pis pour vous. » Ma manière de réagir contenait évidemment une part d'immaturité, voire d'égocentrisme, mais a posteriori je pense que cette aigreur a été bénéfique. Après tant de succès, si jeune, dans un laps de temps si court, j'avais besoin de changer d'air. Et c'est ce que j'ai fait.

11

Street révolution

Au final, avec ce début de carrière en fanfare, je n'avais déjà plus rien à prouver en flat. Je ne faisais que sustenter ma soif de compétition et de voyages, je tournais en rond. L'accumulation des critiques et des décisions que je jugeais injustes m'ont alors poussé vers une des autres disciplines de mon sport, le street. J'avais toujours eu un œil admiratif et curieux sur cette pratique. En tant que passionné de BMX, je ne pouvais pas passer à côté de cette spécialité devenue méga populaire en France dans les années 2000. Dans les magazines spécialisés, 90 % du contenu était consacré à ces riders acrobates, ces casse-cous bondissant au-dessus d'une volée d'escaliers, glissant sur des bancs, des murets ou des rambardes avec leurs pegs, utilisant le moindre fragment de mobilier urbain pour jouer avec, mettre au point des défis à relever et des figures improbables. Plus jeune, quand je m'entraînais dans les rues de Paris, je croisais souvent des streeters dont j'observais les exploits entre deux tricks. Il m'arrivait d'essayer de les suivre dans leurs délires, leur témérité me démangeait. On se partageait l'espace mais on sentait bien que c'étaient eux les maîtres des lieux. Avec les autres flatlanders, on se faisait vanner sur nos vélos, des vingt pouces comme les leurs mais munis de cadres plus petits et plus maniables que les autres modèles de BMX, parfois même avec la selle coupée pour faciliter certains enchaînements. J'avais conscience que la majorité des pratiquants de ce sport ne s'intéressait pas beaucoup au flat, que la discipline qui m'animait était vue en quelque sorte comme la cinquième roue du carrosse du freestyle, et je pense que ce manque de reconnaissance me contrariait.

Le street est l'héritier du skateboard mais avec un vélo. Il faut remonter à la fin des années 1970 pour voir un certain Bob Haro se mettre à rider dans les skateparks qui fleurissaient un peu partout en Californie. L'ancien pilote de motocross n'en avait alors sans doute pas conscience mais il était en train d'inventer une nouvelle manière de s'adonner au BMX, plus spectaculaire que la race – la course. Il enchaînait les démonstrations, créait des envies et des vocations. Il a même été embauché par la production du film *E.T., L'Extraterrestre* en tant que cascadeur. Et puis, comme les skateparks ne poussaient pas non plus à chaque coin de rue, c'est justement elle, la street, que les adeptes de cette tendance en vogue ont fini par s'approprier. Aux États-Unis, des champions ont émergé à l'image de Robert Lewis Osborn, Bob Morales, Eddie Fiola ou encore Mat Hoffman, alias le Condor, que je découvrirais gamin dans plusieurs épisodes des Jackass. Bob Haro, lui, ne s'est pas arrêté en si bon chemin. Artiste et designer hors pair, il a décidé de confectionner ses propres modèles de vélo et de créer sa marque – Haro Bikes –, l'imposant comme une référence. Aujourd'hui, de nombreux freestylers, dont je fais partie, roulent toujours avec ces montures légendaires.

En 2012, lors du Red Bull Circle of Balance organisé à Tokyo, toute l'équipe Haro était présente au Japon pour une tournée. Parmi eux, il y avait Dennis Enarson, Colin Mackay et Cory Nastazio, que des cadors. Tous brillaient aux X-Games où, d'ailleurs, le flat n'a plus été à l'affiche pendant un bail, de 2002 à 2022, pas assez impressionnant pour le show télévisuel. Ils sont venus assister à la compétition et on a beaucoup traîné ensemble. On s'est super bien entendu. Quelques semaines plus tard, j'ai reçu une proposition d'Haro pour intégrer leur équipe d'athlètes partenaires. Ils trouvaient intéressant de miser sur un rider qui assurait en flat et qui n'était pas fermé à l'idée de s'essayer au street. À l'époque, c'était inédit.

Jamais un flatlander n'avait été sponsorisé par une marque généraliste de BMX, toute une industrie parallèle était déjà dédiée à notre discipline. Quand bien même j'étais satisfait de mon bike ARES – une entreprise nippone –, je ne pouvais pas refuser une telle opportunité. À un moment où je commençais à ressentir un déficit de motivation, elle m'offrait une échappatoire, un nouveau challenge. Je nourrissais aussi l'ambition de faire évoluer l'image de ma pratique, de montrer que nous n'étions pas un clan à part, obsédé par notre bout de bitume et nos figures au sol, mais bien des freestylers comme les autres. J'étais en mission. Très vite, j'ai réussi à me sentir à l'aise sur mon vélo Haro, je ne le trouvais pas plus compliqué à maîtriser ni moins confortable, y compris pour le flat, peut-être aussi parce que j'avais l'avantage d'être grand. En tout cas, je me souviens que ma facilité à m'en emparer avait bluffé les observateurs, que dans le milieu il s'agissait d'une petite révolution.

À l'issue de la compétition à Lyon, celle après laquelle j'ai martyrisé le volant de ma voiture, j'ai compris qu'il fallait que je prenne du recul, sinon j'allais imploser. Un des membres de l'équipe Haro, Dennis Enarson, m'a alors invité à le rejoindre aux États-Unis. Il vivait à La Mesa, dans un quartier résidentiel de la banlieue de San Diego, en Californie. Il avait transformé la maison de ses parents, là où il avait toujours grandi, en véritable centre d'entraînement, un spot de rêve pour n'importe quel amoureux de BMX. Dans le grand jardin entourant l'habitation, à la place de la végétation environnante, il avait fait construire des rampes et des modules, la version freestyle et démesurée de l'aire de flat qu'on avait bâtie avec mon père, à Épinay-sur-Orge. C'était la colocation du bonheur, l'auberge espagnole des riders. Avec lui résidaient des amis, d'autres pros, ils passaient leurs journées à s'exercer, à tourner des images pour poster sur les réseaux sociaux, à faire des films pour leurs sponsors. Dennis était le boss du moment. Après s'être voué à la race, il s'était tourné vers la dimension plus artistique de notre sport et il savait tout faire, du dirt, du park, du street. Au cours de sa carrière, il a remporté pas moins de dix médailles aux X-Games. Quand il m'a dit qu'une chambre se libérait chez lui, que j'étais le bienvenu si je voulais, j'ai foncé et je suis parti m'installer là-bas pour quelques mois, au cours de l'année 2013. J'avais besoin d'air. Je suis tombé à fond dans le street et j'ai progressé crescendo, non sans essuyer des gamelles. Quand on ne roulait pas dans le jardin de Dennis, on prenait un van et nos vélos, et on allait explorer les recoins de la ville, repérer des lieux qui mettaient nos imaginations à l'épreuve et qui passaient bien à l'écran. De temps en temps, je m'éclipsais pour un contest de flat, que je ne voulais pas complètement abandonner. Mieux, ma pratique du street me redonnait du souffle, m'aidait à imaginer des figures inédites, à améliorer mon flow.

Pour me perfectionner aux côtés de Dennis, j'ai dû apprendre à lâcher prise, à surmonter ma peur, celle que l'on est tous censée éprouver lorsque l'on se met en danger, que l'on a conscience qu'un tricks a des chances de provoquer une chute et donc une douleur, une blessure ou des conséquences plus graves encore. Avec le flat, je possédais déjà les bases techniques et un contrôle hors norme de mon vélo, mais il fallait accepter cette prise de risques. C'était ça le plus dur. En réalité, quand on a l'habitude et les aptitudes, il n'y a par exemple rien d'extraordinaire à réaliser un gap au-dessus d'une ribambelle de marches, même en effectuant un 360 degrés en plein vol. En termes de savoir-faire, les enjeux sont moindres que la capacité à débrancher son cerveau, à se dire « let's go, ça va le faire ». À chaque tentative, il s'agit d'une bataille mentale de plus en plus facile à remporter avec l'entraînement. J'adorais ressentir cette adrénaline inconnue jusqu'alors, cette nécessité de se faire confiance qui m'a aidé à être encore plus serein sur l'aire de flat, à tenter des enchaînements plus durs sans me laisser envahir par le stress. En fait, l'esprit humain peine à appréhender la négation, c'est un préparateur mental qui m'a appris cela. Si le cerveau entend « il ne faut surtout pas que je me plante », il se focalise sur cet élément négatif et ne se retrouve pas dans les meilleures conditions. En revanche, en lui envoyant un message positif, du genre « j'en suis capable, ça va passer », on favorise sa faculté à nous guider vers le succès. Quelque part, c'est banal, mais adopter cette façon de penser m'a beaucoup servi.

En matière de sponsors, ce stage de longue durée dans la maison du bonheur m'a fait franchir un palier. J'ai signé chez Odyssey, une énorme marque de pièces de vélo qui, elle non plus, n'avait jamais eu de flatlanders dans son giron. Déjà membre du team Europe de Vans, la marque de chaussures, j'ai fini par intégrer le team international. Ma mission se déroulait comme prévu. Je me sentais mieux, ma coupure avec le monde du flat me revigorait et surtout, à travers mes choix et mon parcours, je parvenais à créer davantage de ponts entre ma discipline d'origine et l'ensemble de la scène freestyle. En février 2014, j'ai participé à une des compétitions de BMX les plus emblématiques, la Simple Session, en Estonie, à Tallinn. Elle avait lieu au Saku Suurhall, la plus grande salle multisport du pays, et accueillait une centaine de riders de toute la planète, le gratin du street et du park. À plusieurs reprises, je me suis demandé ce que je foutais là, c'était la première fois qu'un gars venu du flat s'alignait sur ce contest. J'ai oublié la peur, convoqué un maximum de pensées positives. Au classement, j'ai terminé soixante-huitième, à des kilomètres de mes résultats habituels mais tout de même devant un paquet de pros biberonnés à la haute voltige bien plus qu'aux chorégraphies au sol. Le « seule la première place compte » de mon père avait pris un sacré plomb dans l'aile mais moi j'étais heureux, heureux de voir autre chose, d'explorer un nouveau territoire, de pointer le bout de mon nez dans un domaine où l'on ne m'attendait pas au tournant, en homme à abattre duquel on exigeait toujours davantage de prouesses.

12

Blessure

Avec Katty, on a fini par se séparer. J'ai eu du mal à encaisser la rupture et je me suis de plus belle réfugié dans la fête et les voyages. J'étais devenu un nomade, j'avais décidé de ne pas reprendre d'appartement. Quand je ne résidais pas en Californie, chez Dennis, à m'exercer sur les rampes construites dans son jardin, j'enchaînais les contests, les démonstrations et les shootings. J'embarquais dans les avions comme plus jeune dans le RER C, pour relier Paris et Épinay-sur-Orge. Je pouvais être un week-end aux États-Unis, à Ocean City (Maryland), afin de participer au Dew Tour, une célèbre compétition, puis le lendemain décoller pour Dubaï dans le cadre d'un tournage avec un de mes partenaires et, après quelques heures sur place, repartir au Mexique pour un show organisé par Red Bull. Je ne ressentais même plus le décalage horaire, j'avais ma propre perception du temps. Je remplissais mon agenda de projets et d'engagements, j'adorais cette sensation d'être en permanence en mouvement, elle rassasiait une forme d'hyperactivité qui me tenait sur ressorts depuis gamin, toujours la bougeotte, une incapacité à rester tranquille plus de quelques minutes sur un canapé. Si toutefois mes périples à l'international se calmaient, je squattais chez ma grand-mère, dans le 9e arrondissement de la capitale, elle m'avait mis sa chambre d'amis à dispo. J'y invitais souvent des potes et on s'envoyait d'énormes soirées. Il y avait dans cette fuite en avant un enchevêtrement d'euphorie et d'immaturité, une envie folle de tout dévorer et un refus plus ou moins conscient de prendre l'avenir au sérieux. Je ne me rendais sans doute pas bien compte qu'à l'approche de mes 25 ans, en tant que sportif professionnel, mon mode de vie me menait à l'impasse.

Au printemps 2014, j'ai fait un crochet par Montpellier pour le FISE, un des rendez-vous incontournables de la saison que je n'ai jamais manqué au cours de ma carrière. Même si j'avais plutôt la tête au street, j'étais serein quant à mes chances de survoler les débats en flat. La veille des qualifications, sans pression particulière, j'ai donc passé une partie de la nuit sur les rives du Lez, à faire des allers-retours entre l'Australian et le O'Sullivan, deux bars quasiment côte à côte où ont lieu chaque année la majorité des festivités nocturnes. Ils étaient remplis de riders, de fans, de toute la communauté mondiale des sports d'action réunie pour l'occasion. Au matin de l'échéance, j'ai ouvert les yeux avec une sévère barre au crâne, contraint de me lever tôt pour rejoindre une équipe de journalistes du magazine « Stade 2 », qui préparaient un sujet sur moi. Je les ai retrouvés à l'Hôtel de Région et je leur ai proposé de réaliser des figures de street face à leurs caméras. Devant le bâtiment, il y a quelques marches, pas grand-chose, quatre ou cinq, au-dessus desquelles j'ai bondi en effectuant un 180 degrés, de façon à atterrir en marche arrière avec mon vélo. J'avais exécuté ce mouvement des milliers de fois, sans même plus y réfléchir. La première prise s'est déroulée sans encombre. La deuxième beaucoup moins. Faute de concentration, de lucidité ou tout simplement par fatalité, le tricks m'a échappé. En me réceptionnant, mon pied gauche est sorti du bike et a heurté le sol. J'ai senti ma cheville craquer et j'ai entendu comme un coup de fusil. Le temps s'est arrêté l'espace d'une poignée de secondes. J'étais sonné. Tout le monde a perçu le bruit, moi, les journalistes autour et on se regardait avec stupeur sans trop oser rien dire. J'ai dû minimiser d'un « vous inquiétez pas, ça va aller », mais en réalité j'ai tout de suite capté que c'était grave.

J'ai réussi à pédaler dix minutes pour me rendre au FISE, un peu plus au nord, le long du fleuve. En arrivant, un kiné m'a manipulé et rassuré. L'articulation n'était pas enflée, il m'a affirmé qu'elle n'était sûrement pas cassée, puis il m'a strappé. Je suis remonté sur mon vélo et, sur l'aire de flat, j'ai tenté quelques figures mais impossible de rider. Ma cheville semblait incontrôlable, bancale, j'avais l'impression qu'elle ne faisait plus partie de mon corps et j'ai dû annoncer aux organisateurs que je ne pourrais pas concourir. Bien plus qu'à ce forfait, j'ai immédiatement songé à mon été de voyages, à un trip au Nigéria pour Red Bull avec Viki Gomez, aux autres démos et compétitions estivales. La douleur s'est accrue progressivement. La nuit suivante, je n'ai pas pu dormir tellement je souffrais et, le lendemain, marcher était presque inenvisageable. La finale à peine remportée par Alexandre Jumelin, je l'ai pressé de rentrer à Paris, de me raccompagner chez mes parents au plus vite sans lui laisser le loisir de savourer sa victoire. Dans la voiture, j'étais silencieux, je gambergeais. Je grimaçais à chaque freinage, chaque dépassement sur l'autoroute, la moindre vibration du véhicule se répercutait dans ma cheville que je ne savais plus comment positionner pour me soulager. Dans mon malheur, j'avais de la chance, ma mère était manipulatrice en radiologie pédiatrique, à l'hôpital du Kremlin-Bicêtre (Val-de-Marne). J'allais pouvoir être fixé rapidement sur mon sort. Je suis allé au boulot avec elle, dans les salles d'imageries où elle officiait, aux murs constellés de dessins d'enfants et de stickers de dinosaures, des peluches et des porte-clés partout. Je me souviens toujours de cette scène comme d'un moment surréaliste, moi, grand gamin à la carcasse abîmée, tracassé au milieu des jouets. À vrai dire, j'aurais préféré rêver. À la moue de ma mère devant les images, j'ai saisi que ma première intuition était la bonne, que le kiné s'était planté. Je ne m'étais pas loupé et les mots du médecin ne m'ont pas consolé. Il m'a confirmé que je m'étais cassé la malléole interne bien comme il fallait, qu'il n'était pas sûr que je puisse refaire du vélo comme avant. J'en avais pour six semaines de plâtre, même tarif concernant la rééducation. Mon monde s'écroulait.

J'ai retenu mes larmes dans la voiture mais en arrivant à la maison, je me suis effondré. J'ai passé plusieurs jours amorphes, au sous-sol, alité dans ma chambre d'ado, les rideaux tirés pour ne pas apercevoir l'aire de flat dans le jardin. Je broyais du noir, terrorisé par les mots du médecin, convaincu d'être condamné à abandonner ce que j'aimais le plus au monde. De toute mon existence, je ne pense pas avoir vécu une période aussi sombre. Pour la première fois, j'expérimentais la notion de gravité. Une situation que j'estimais tragique. Moi qui n'appréhendais pas l'avenir avec sérieux, qui me contentais de profiter de chaque seconde sans penser au lendemain, je ne voyais plus aucun horizon, tout était bouché, vain. Ma carrière professionnelle venait de connaître un crépuscule inattendu. Je n'avais plus de cheville, plus de petite amie, plus de projets, rien. Je me demandais ce que j'allais bien pouvoir faire, reprendre mes études ou bien me trouver direct un job ? Le dépit et la tristesse ont ensuite été balayés par l'autodestruction. Je sortais toute la nuit avec mon plâtre et mes béquilles, en éclopé, et j'ai dû poser le pied par terre davantage qu'il ne l'aurait fallu en de telles circonstances. Je campais au Tape Bar, près de Bastille, un lieu où j'avais l'habitude de me rendre avec Katty. Je buvais trop, parfois je servais les clients, je connaissais bien les gérants, c'étaient des potes. Je passais du son aussi. Un brin masochiste, j'ai même accepté d'être juge lors d'une compétition de flat en Espagne, histoire de bien remuer le couteau dans la plaie. Je regardais les riders virevoltant sur leurs vélos. Considérer que je ne pourrais plus jamais faire comme eux me rongeait de l'intérieur. J'avais envie de hurler, d'extérioriser la rage qui me ravageait. Je prenais conscience qu'au-delà d'un travail et d'une passion, danser sur mon bike, inventer des figures, gagner des compet' ou encore tourner des vidéos étaient ce qui me définissait en tant qu'être humain, que sans tout ça je n'étais plus moi-même, qu'avec ma cheville c'était aussi une partie de mon identité qui s'était brisée, et je ne savais pas dans quelle mesure j'allais pouvoir la reconstruire.

Heureusement, Red Bull m'a mis en contact avec un médecin du sport un peu plus optimiste, Étienne Barbiche, en tout cas sûrement plus au fait de ma pratique et des blessures qui vont avec. Il s'est déplacé chez ma grand-mère une fois mon plâtre enlevé, et j'attendais tellement ce moment que je me rappelle encore la date, c'était le 9 juillet 2014. Quand il m'a palpé la cheville, je n'ai pas eu des sensations de dingue mais lui a affirmé qu'elle était nickel, que les os avaient l'air d'avoir bien refusionné, qu'il n'y avait rien d'inquiétant. Évidemment, je l'ai fait répéter, lui signalant les doutes de son confrère, mais il m'a confirmé que tout allait bien se passer et sa confiance m'a reboosté. J'ai entamé ma rééducation avec une détermination d'ogre affamé, délivré de pouvoir au moins faire tourner mes jambes sur un vélo d'intérieur ; le sport et les hormones qu'il génère m'avaient considérablement manqué. Tous les jours, je bossais à la clinique Drouot avec un kiné formidable, Azdine Bousnana, que je consulte encore aujourd'hui. Il s'est étonné qu'on m'ait plâtré pendant six semaines mais m'a garanti lui aussi que je serais vite d'attaque, me promettant même que je pourrais remonter sur mon bike – le mien, pas celui d'intérieur – dès le mois d'août. Il m'a concocté un programme d'athlète de haut niveau avec des objectifs quasi quotidiens et j'ai découvert une prise en charge dont j'ignorais tout. Malgré mon statut de quadruple champion du monde de BMX flat, de leader incontesté de ma discipline, de rider pro, je n'avais jamais abordé un objectif – en l'occurrence ma remise sur pied – avec autant d'engagement et de minutie. J'avais beau m'être entraîné pendant des journées, voire des nuits entières, depuis l'adolescence, détester perdre, je conservais une approche « à la cool » de ma pratique. Nous étions les héritiers d'une sous-culture rebelle et artistique qui s'était affirmée dans la rue, pas des footballeurs ni des tennismen. Là, j'étais confronté aux séances en salle de sport, aux soins, à la rigueur, aux efforts inhabituels, et je me suis rendu compte que j'aimais ça.

Renouer avec mon BMX a été une renaissance. À la fin du mois d'août, j'avais dans mon agenda un voyage en Malaisie avec toute l'équipe Haro et je m'en étais fait mon horizon, de nouveau dégagé de presque tous les nuages. Ma cheville allait de mieux en mieux, je trimais comme un malade pour revenir à mon niveau, mettre derrière moi le premier coup d'arrêt de ma carrière, en tirer les meilleurs enseignements. Je suis monté dans cet avion direction Kuala Lumpur et ce trip a été mémorable, aussi bien grâce à l'ambiance géniale qui régnait dans les rangs que parce que j'avais la sensation d'avoir retrouvé une partie de moi que je croyais perdue dans l'obscurité de ma chambre d'Épinay-sur-Orge, l'ivresse du Tape Bar et toutes les pensées négatives qui m'avaient mis K.O. Quand je revisionne les images de la vidéo qu'on a tournée là-bas, je me revois souriant, plaisantant avec les potes, escaladant mon vélo sur le sol pendant que les autres attaquaient les rampes et le mobilier urbain dans les airs. J'étais heureux, mais il s'en était fallu de peu pour que la lumière s'éteigne.

13

Reprise en main

En ce début d'été 2014 durant lequel j'ai longtemps été privé de ma monture, je me suis senti orphelin d'une autre dimension cruciale de ma pratique : créer. J'ai retrouvé la frustration de ces journées au lycée passées à rêvasser, à écouter les profs d'une oreille en remplissant les marges de mes cahiers d'idées de figures à tester dès que je reposerais mes fesses sur la selle. Là, avec ma cheville en convalescence, c'était pareil. Je n'écrivais plus mes fulgurances au bord de mes cours mais dans mon téléphone, dans lequel une page « notes » était destinée à mes ambitions chorégraphiques. La « to do list » s'allongeait. Elle m'obsédait. Je ne pensais plus qu'à pouvoir essayer au plus vite tous ces enchaînements fantasmés qui m'avaient traversé l'esprit. Sevré de vélo, je constatais à quel point le facteur artistique de ma discipline façonnait lui aussi mon identité. Il n'y avait pas que le sport et les endorphines, la gagne, il y avait aussi la nécessité de m'exprimer, d'extérioriser sur mon bike la fibre esthétique que je n'avais cessé de développer. D'ordinaire, ces idées surgissaient le soir, dans mon lit. Inspiré par les séances d'entraînement que je venais d'effectuer, je me projetais sur les sessions du lendemain avec l'envie d'y insérer de l'inédit, de me challenger, de pousser encore plus loin des mouvements que je maîtrisais déjà. Je m'endormais impatient de mettre mes plans à exécution mais, bien sûr, les écrire sur l'écran était plus simple que de les accomplir sur le bitume. Une fois sur les repose-pieds, je déchantais. La rudesse du flat reprenait ses droits et certaines envies balancées dans mes notes ne voyaient le jour que des semaines plus tard, ou alors jamais.

Au fil de ma carrière, j'ai inventé une cinquantaine de figures. Certaines ont bel et bien éclos à l'heure du coucher, dans les avions ou encore en courant. D'autres directement sur le vélo en me risquant à des impros. En réalité, la plupart du temps, il s'agit d'accidents, à l'image de mon tricks le plus célèbre, au nom à rallonge et intraduisible : le « spinning half packer no hand ». J'en domptais les rudiments depuis mes débuts, dès avant mes premiers titres mondiaux. Après avoir pris un maximum de vitesse, je partais en toupie, les deux pieds positionnés sur les pegs de la roue avant, le vélo au ras du sol, la fourche serrée entre mes chevilles. J'attrapais la selle d'une main en conservant l'autre en l'air puis je tournais un maximum de temps. Un jour, j'ai loupé la selle. Ma main l'a effleurée sans parvenir à la saisir. Avant de chuter, j'ai remarqué que je pouvais tenir ainsi quelques secondes supplémentaires, grâce à l'inertie engendrée par la vitesse et la bonne gestion des mouvements de mon corps. L'accident providentiel. Le moment « Eurêka ! », comme dans Tintin. À cet instant, j'étais avec Ucchie sur le practice d'un contest au Japon, le G-Shock Real Toughness. J'ai réessayé et ça a fonctionné. À chaque tentative, je grattais des fractions de seconde les bras levés. J'étais surexcité, galvanisé d'accroître encore une fois le champ des possibles sur mon BMX. Je me suis même laissé aller à inclure la figure dans mon run de qualifications. Évidemment, je suis tombé. Entre découvrir un tricks et le rentrer en compét', il y a une galaxie, des semaines voire des années. Il faut le maîtriser à la perfection afin de l'appréhender avec confiance, être propre sur sa sortie, c'est-à-dire achever son enchaînement sur les pédales ou sur les pegs, sans poser le pied par terre, pour qu'il soit validé par les juges. J'ai mis quatre mois avant d'exécuter convenablement mon « spinning half packer no hand » et de l'entreprendre avec succès en compétition, en Espagne. Depuis, cette figure m'a fait triompher lors de dizaines de contests et elle demeure aujourd'hui l'une des plus marquantes de l'histoire du flat.

Finalement, cette blessure à la cheville a été une bénédiction. Elle m'a fait l'effet d'un électrochoc, me révélant avec une acuité jamais éprouvée jusqu'alors la chance que j'avais de m'amuser tous les jours sur mon vélo, d'inventer des manières de danser dessus, d'être un des meilleurs dans ma discipline. J'ai compris à quel point tout cela était précieux et surtout qu'il allait falloir changer d'attitude si je voulais que ce bonheur perdure. J'avais beau conserver le tempérament d'homme-enfant dont je peine à me départir – je n'en ai pas vraiment envie –, ma métamorphose a débuté par un choix d'adulte : l'achat d'un appartement. Je n'envisageais pas encore de réduire le nombre de mes voyages mais je ne pouvais pas mener une existence d'errances, squatter à droite, à gauche lorsque je passais à Paris. J'avais besoin d'un chez moi. Quelques mois après ma fracture, j'ai investi dans un logement, à Bastille, et cette décision a constitué la fondation solide d'autres bouleversements. J'ai continué de m'entourer, enthousiasmé par mes rencontres avec Étienne Barbiche et Azdine Bousnana. En plus de ce kiné référent, je me suis également rapproché d'un coach sportif, Willy Beljio. Mon entraînement ne s'opérait plus seulement sur mon BMX mais aussi en salle ou à la maison. Je désirais revenir rapidement au plus fort de mes capacités, me surpasser, et j'étais désormais convaincu que j'y arriverais bien mieux en équipe. Je prenais soin de mon corps, je faisais davantage attention à ce que je mangeais, par la suite j'ai même sollicité un préparateur mental. Soyons clair, je ne me suis jamais transformé en moine. Je persistais à sortir, à faire la teuf, à parcourir la planète, à profiter de mes jeunes années, je n'avais encore que 25 ans. Mais je m'y adonnais avec pondération et une nouvelle forme de maturité. Je crois que c'est à cette époque-là, juste après ma blessure, que dans ma tête je suis passé de simple rider à athlète professionnel. Bien sûr, là encore, ces choix n'étaient pas très core. Dans le milieu, ça sonnait un peu ringard de compter sur des coachs physique et mental, un kiné, tout ça pour envoyer des figures sur un vélo. Il n'y avait rien de très cool non plus à être vigilant sur sa santé, tel un senior hypocondriaque. Pour un adolescent construisant sa personnalité à travers le skate ou le BMX, attaché à leur dimension contre-culturelle, la pilule du champion bien sage était pénible à avaler. Pour certains, c'était limite si je ne faisais pas défection. Peu importe, j'étais décidé à tout mettre en œuvre pour rester le boss de mon sport, ne plus prendre le risque de me voir privé de ma raison d'être.

Jusque-là, je n'avais pas non plus exploré toutes les opportunités que m'offrait mon partenaire, Red Bull. Jamais je n'avais mis les pieds à Thalgau, en Autriche, où la marque a élaboré un centre de performance dédié à ses sportifs au sein de bâtiments mêlant moderne et ancien, situés dans une vallée bucolique entourée de moyennes montagnes. La première fois que je m'y suis rendu, je me souviens de m'être fait la réflexion qu'il s'agirait d'un spot idéal pour James Bond, à la fois isolé et discret mais à la pointe, avec plein de gadgets et de technologies à l'intérieur pour s'entraîner en vue de ses missions les plus folles. Je ne prévoyais pas non plus de me reconvertir en espion britannique – même si ça aurait été plus fun que moine –, en revanche je voulais gagner en puissance sur mon bike. J'ai séjourné là-bas une semaine, réalisant d'abord une batterie d'examens. Je me suis livré à des tests sanguins, de VMA – vitesse maximale aérobie – ou encore isocinétiques afin d'évaluer mes capacités de récupération en matière musculaire. J'ai vu un médecin et un nutritionniste, un psychologue aussi. C'était le check-up le plus complet de toute ma vie et le verdict a révélé que j'étais en pleine forme mais que j'avais un physique de marathonien. Pour être plus robuste à vélo, j'allais devoir prendre quatre ou cinq kilos de muscles. On m'a échafaudé un programme sur mesure et après avoir profité des installations de maboul pour le débuter, je suis reparti avec le contact de tous les spécialistes que j'avais consultés. Ma mue se poursuivait. L'équipe s'agrandissait. Ces présences généraient une autre source de motivation. Je ne ridais plus tout seul, pour moi, pour me faire kiffer et assouvir ma soif de victoires. J'avais aussi envie de m'appliquer pour ne pas décevoir cet entourage qui mettait toute son énergie pour m'aider à performer. Leur engagement m'obligeait à bien faire.

Fin juillet 2015, quasiment un an jour pour jour après m'être remis en selle, j'ai participé aux BMX Worlds à Cologne, une compétition légendaire. Après être passé à côté d'un cinquième titre mondial l'année de ma blessure, cette virée en Allemagne était l'occasion de me prouver à moi-même que j'avais récupéré mon niveau antérieur, que j'étais de nouveau capable de rivaliser avec mes principaux concurrents et de m'imposer lors d'un contest majeur. À l'époque, les bords du Rhin accueillaient chaque été toute la planète du BMX freestyle dans sa version la plus authentique. À Cologne, pas de prize money de folie ni d'installations flambant neuves. On venait avant tout pour rider, retrouver la communauté, son ambiance originelle, pour le coup vachement plus core qu'ailleurs. Les festivités se déroulaient dans le parc des jeunes – le Köln Deutz –, en face de la cathédrale de la ville, où régnait une atmosphère artisanale. Cette fois-ci, je suis arrivé beaucoup plus concentré que lors des autres éditions, avec une mentalité rénovée, soucieux de me coucher tôt et de bien dormir la veille de mon run plutôt que de m'empêtrer dans des flâneries nocturnes avec les potes. Le lendemain, sur l'aire de flat, mes jambes étaient en feu. J'avais la sensation de pouvoir réussir tous les tricks que je tentais, d'être en état de grâce. J'en ai profité. En finale, j'ai présenté une chorégraphie techniquement très ambitieuse, y intégrant une figure à laquelle je ne m'étais jamais risqué en plein contest. Sur quelques mètres, j'ai roulé en arrière avant de sauter en lançant en l'air le cadre de mon vélo, afin qu'il tourne sur lui-même pendant que seules mes mains restaient accrochées au guidon. Jusqu'ici, il n'y avait rien d'extraordinaire. Il s'agissait d'un « half cab whip », un mouvement classique dans l'univers du BMX freestyle. Sauf qu'au lieu d'atterrir sur les pédales après que le bike a réalisé un tour complet, j'ai plaqué mes deux pieds sur les pegs de la roue arrière. Là, c'était du jamais-vu, d'un « half cab whip » on passait à un « half cab whip to pegs wheelie », un tricks original et complexe, à l'image de son intitulé. En me reposant proprement, j'ai lâché un énorme sourire, en même temps que les exclamations du public qui avait compris qu'avec une telle figure, je venais de mettre tous les juges d'accord. J'étais hyper soulagé de triompher. Ce succès entérinait officiellement mon retour et reléguait cette cheville cassée dans la case des mauvais souvenirs. Surtout, c'était ma première victoire en tant qu'athlète de haut niveau. J'entamais une deuxième partie de carrière, plus pro, plus adulte, avec la volonté décuplée de tout gagner et de faire grandir mon sport. Le timing était parfait. En 2014, les discussions avaient démarré avec l'Union Cycliste Internationale (UCI) pour que la pratique soit reconnue par leur structure et, depuis 2008, le BMX racing figurait déjà au programme des Jeux Olympiques, à Pékin. Alors, un jour, pourquoi pas des disciplines de freestyle ? Pourquoi pas le flat ?

14

Au cinéma

Nous partions de loin. Longtemps, le BMX a été un sport anti-fédérations en tous genres, dédaigneux des plus officielles d'entre elles. On en revient au débat éternel sur ce qui est core et ce qui l'est moins, aux paradoxes d'une communauté tiraillée entre la résolution de préserver sa liberté et le souhait d'attirer les jeunes générations, de transmettre, de partager sa passion dans les meilleures conditions. Certains préféreraient voir leurs usages demeurer en marge, épargnés par les sphères médiatiques et sportives généralistes. À l'époque, ces riders craignaient que les structures fédérales ne brident la créativité de nos disciplines, n'imposent des tenues ou des figures lors des run. Leurs inquiétudes étaient légitimes. Nous les avons toutes éprouvées à un moment ou à un autre et les plus idéalistes n'en sont jamais revenus, ils continuent de considérer que les récentes évolutions du BMX vers le fédéralisme et l'olympisme dénaturent le mythe originel de nos sports urbains empreints de rébellion.

Avant de basculer vers une conception plus mûre de ma carrière, j'étais moi-même sceptique, inquiet quant aux effets pervers de ce type de rapprochement avec des organisations trop sérieuses. Je n'avais pas non plus envie de renoncer à mon look, de disputer les compétitions en uniforme, de devoir piocher dans une liste de tricks prédéfinie à l'avance. Je n'oubliais pas d'où je venais, du dégoût du football provoqué par un coach stupide, du refus de me laisser dicter ma conduite et de rentrer dans le moule. En prenant du recul, j'ai compris ce que mon sport avait à y gagner. Avec mes antécédents, je ne pouvais voir que d'un œil enthousiaste, par exemple, la formation plus approfondie des juges que ces changements engendreraient. Et puis, tous ces gamins qui souhaitent eux aussi s'extirper du carcan des sports traditionnels, il faut bien leur proposer des repères, leur offrir plus de moyens, plus de skateparks, plus de Carlos Leal – mon premier entraîneur à Sainte-Geneviève-des-Bois – et de modèles auxquels s'identifier. Ils ne vont pas tous tomber par hasard, un mercredi après-midi, sur une rediffusion de « C'est mon choix » ou une émission du même style, mettant notre vélo à l'honneur une fois tous les cinq ans.

Peu à peu, j'ai assumé le rôle que j'avais à jouer en tant qu'enfant de la culture street et multiple champion de flat. Je devais servir de passeur afin que ma pratique conquière davantage de visibilité, en restant vigilant pour ne pas qu'elle se retrouve dépouillée de ses valeurs initiales. À mon échelle, j'ai revêtu des habits de diplomate, de tampon entre les réticents et les téméraires, intégrant le camp de ceux qui œuvraient pour que cette marche en avant convienne à un maximum de pratiquants. Parmi eux, il y avait Hervé André-Benoît, le fondateur du FISE, à Montpellier. C'est lui qui, au travers de son événement, s'est rapproché de l'UCI en 2014, avec pour objectif de développer la discipline et un nouveau circuit mondial. Au-delà du désir d'amplifier la popularité du BMX, l'ambition était aussi d'ouvrir ce sport aux femmes, encore trop dans l'ombre des hommes sur les bikes, d'atteindre la parité entre les riders et les rideuses, que cela soit en termes de représentation en compétition comme de prize money.

En flat, la première édition de la Coupe du monde version UCI a eu lieu en 2018 et je l'ai remportée, après avoir glané deux autres sacres planétaires en 2016 et 2017. Par la suite, j'ai encore gagné en 2019 et en 2021, portant à neuf le nombre de mes titres mondiaux. Aujourd'hui, quand je me retourne sur mon parcours, je suis fier de toutes ces victoires mais peut-être encore plus d'avoir participé à l'évolution de ma discipline, qu'elle ait pu bénéficier de mon exposition médiatique croissante. Mon plus grand succès, c'est ça, être tombé amoureux adolescent d'une pratique de niche, d'un art méconnu qui à pas de loup a conquis le cœur de dizaines de milliers de jeunes qui n'ont jamais pu décrocher après être montés sur la selle, y avoir pris ma part. Le BMX freestyle n'est pas un phénomène de mode. Il est désormais ancré dans la culture sportive.

En parallèle de ma carrière pro, je continuais de saisir les opportunités qui se présentaient, de dire oui à un maximum de sollicitations, dès qu'elles m'amusaient ou semblaient pouvoir m'ouvrir les portes d'un nouvel univers, combler ma curiosité naturelle. En juin 2017, j'ai organisé un contest à Marseille, sur la plage du Prado, la Sosh Freestyle Cup. J'avais invité tous les potes à rider, Alex, Raph, Ucchie, l'idée étant plutôt d'offrir une sorte d'exhibition au public réuni pour l'occasion. De son côté, Orange avait convié des VIP pour assister au spectacle. À la fin du show, l'actrice Axelle Laffont est venue me féliciter. Je ne savais pas qui elle était, je ne l'avais jamais vue auparavant. Elle m'a confié qu'elle allait bientôt réaliser son premier film, qu'elle m'avait regardé sur mon vélo, avec mon assurance et mes tatouages, que je pourrais correspondre à un des rôles. Je ne suis pas sûr d'avoir pris ses propos au sérieux mais elle avait l'air sincère, alors j'ai dit OK. On a échangé nos coordonnées et, quelques jours plus tard, j'ai reçu un mail avec une scène à travailler et une date de rendez-vous pour un casting.

Je me suis pris au jeu même si ça faisait un bail que je n'avais pas appris un truc par cœur. C'était une scène étrange, comique et érotique. Je devais jouer un jeune moniteur de voile qui, le temps d'un été, fréquentait une femme plus âgée, en vacances dans le sud de la France avec des amies. Dans l'intimité d'une chambre, mon personnage lui proposait d'exécuter tous ses fantasmes en scandant à chaque ordre un « yes master » plein de soumission. Après une demande de strip-tease en émergeait une autre, plus gênante : faire l'hélicoptère avec mon sexe. Pas question de se dévêtir, là, dans les bureaux loués par la production mais, quand bien même, il fallait se projeter, proposer des intentions, dans l'intonation comme dans l'expression corporelle. J'essayais de me convaincre que ça pouvait être marrant, que j'en étais capable. Autant dire que j'étais loin d'être à l'aise. J'étais nul, conscient de me taper l'affiche et piqué de ne pas réussir l'exercice. Dans le fond de la salle, la directrice de casting lançait des coups d'œil à Axelle Laffont du genre : « Mais tu le sors d'où, celui-là ? » Heureusement, la future réalisatrice m'avait à la bonne. Elle m'a proposé de me perfectionner quelques jours avec une prof de comédie, puis de revenir plus armé. J'ai accepté.

J'étais vexé. Je suis passé en mode compétition, un soldat prêt à combattre, même pour une guerre qui n'était pas la mienne.

Pour mon deuxième essai, j'ai hérité d'une autre scène. J'incarnais cette fois-ci un jeune homme plus naïf, complètement sous le charme de l'une de ces vacancières de vingt ans son aînée. Le couple venait de faire l'amour et mon personnage déclarait à sa partenaire qu'il était prêt à être père si jamais elle tombait enceinte, qu'eux deux c'était pour la vie, d'un ton sérieux et ému, en décalage total avec la situation. Je connaissais mon texte sur le bout des doigts. Je me concentrais pour appliquer les conseils de ma coach. L'actrice Marie-José Croze était présente pour me donner la réplique et cela m'a beaucoup aidé. Axelle Laffont avait l'air satisfaite mais vu la tête de la directrice de casting, il ne s'agissait pas non plus de la performance du siècle. Je suis reparti content de moi. J'avais passé un chouette moment et j'avais la sensation d'avoir assuré un minimum, le reste serait du bonus. Un mois plus tard, la réalisatrice m'a contacté pour m'annoncer qu'elle s'était mis toute la production à dos mais que j'avais le rôle, qu'elle comptait sur moi pour continuer de bosser jusqu'au tournage.

J'avais la pression tout en étant super heureux de l'expérience qui se profilait. D'athlète, je devais me métamorphoser en acteur. Encore une fois ne pas décevoir ceux qui avaient cru en moi. Pendant un temps, j'ai consenti à mettre le vélo entre parenthèses pour répéter le scénario scène par scène, dans mon petit appartement du quartier de Bastille. J'ai simplement tenu à participer aux compétitions qui étaient programmées au sortir de l'été 2017, d'abord la Voodoo Jam à la Nouvelle-Orléans, puis une édition du FISE à Edmonton, au Canada, avec à la clé deux victoires supplémentaires mais une légère contusion de la cheville, éraflée contre un pegs. Fin septembre, au début du tournage, j'avais presque oublié ce déboire, exalté de retrouver l'équipe du film. Mais à l'issue de la première matinée de travail, après plusieurs heures passées debout sur un zodiac en pleine mer, j'ai badé. Mon pied avait triplé de volume. J'avais mal et je sentais la fièvre monter. À contrecœur, j'ai dû faire part de ma mésaventure à Axelle. J'ai filé à l'hôpital, où j'ai fini allongé sur un lit devant un médecin et son aréopage d'internes, à qui il expliquait ce que pouvait donner une blessure mal nettoyée, une infection carabinée en mode staphylocoque, qu'ils allaient devoir m'opérer le lendemain, que j'en aurais sûrement pour deux ou trois mois sans marcher après l'intervention. Le cauchemar. Une des pires journées de mon existence. Moi, tout seul à l'hosto avec ma patte d'éléphant et ma culpabilité et, à quelques kilomètres de là, une production tout entière au chômage technique à cause de mes conneries.

Au petit matin, le chirurgien m'a octroyé un sursis. D'après lui, ça valait le coup de tenter les antibiotiques avant de m'envoyer sur le billard. Avec un stylo, il a tracé un trait au niveau de l'inflammation afin de contrôler son évolution. J'ai rappelé Axelle. Je lui ai dit de me faire confiance, que je serais bientôt debout, et toute la journée j'ai parlé à mon pied. Je me focalisais sur la démarcation, j'implorais l'œdème de descendre sous la barre fatidique. Le lendemain, mes prières – plus vraisemblablement les médicaments – avaient fait leur effet. On m'a indiqué que si cela continuait, je pourrais sortir le soir. En attendant, sur le tournage, on chamboulait le calendrier pour réaliser des scènes dans lesquelles je ne figurais pas. J'ai vécu mon retour comme un « walk of shame ». J'avais l'impression d'avoir été pendant plusieurs jours le centre des discussions, qu'on me regardait de travers et je ne pouvais m'en prendre qu'à moi-même. C'était dur, d'autant que j'ai d'emblée redémarré avec la scène du deuxième casting, cette fois-ci pour de vrai, à moitié nu dans une grange avec Marie-José Croze, ma première scène érotique devant les caméras. J'étais stressé, je ne savais pas comment m'y prendre, j'avais peur de commettre un impair et l'actrice m'a donné à la fois le meilleur et le plus bizarre des conseils : « Oh ne t'inquiète pas, tu fais comme si j'étais morte. »

La suite du tournage s'est bien déroulée, même si je n'ai pas pu éviter un autre aller-retour à l'hôpital. L'infection guérissait mais, dans mon pied, le pus s'accumulait. Pour les besoins du film, je marchais davantage que ce qui m'avait été recommandé, j'allais dans l'eau avec un sac plastique en guise de protection, je douillais. Lorsque le médecin a voulu m'anesthésier localement pour me ponctionner, le produit n'a pas fonctionné. Il en a remis une dose mais je sentais encore le scalpel lors de l'incision. Alors il m'a incité à retirer mon T-shirt pour le mettre dans ma bouche pendant qu'il appuyait sur ma plaie afin de me libérer du liquide infectieux. C'était horrible. L'infirmière qui l'accompagnait ne cessait de répéter « le pauvre » et moi je serrais les dents tellement fort que j'en ai lacéré le vêtement qui me servait de souffre-douleur. Après, tout s'est amélioré et j'ai pu vivre plus sereinement cette expérience inédite, une colo d'un autre style que celles dont j'avais l'habitude avec mes potes riders, mais tout autant enrichissante. J'y ai pris du plaisir, moi qui depuis gamin avait toujours été attiré par l'image, les appareils photos argentiques de ma mère, les jetables qu'elle nous offrait pour les vacances puis les vidéos de BMX que je tournais avec une petite caméra numérique, inspiré par la culture MTV. D'un point de vue technique, j'ai beaucoup appris.

Le film *MILF* – acronyme anglais de « Mother I'd Like to Fuck » – est sorti au cinéma le 4 mai 2018. L'histoire, donc, d'une bande de copines mères de famille se laissant séduire au cours de leurs vacances par de jeunes moniteurs de voile d'une vingtaine d'années, qui pourraient presque être leur fils. En salles, la comédie romantique n'a pas connu un grand succès mais elle a cartonné par la suite sur les plateformes de streaming. Après la nouveauté du métier d'acteur, j'ai connu celle de la tournée médiatique et des avant-premières, les sollicitations d'un microcosme très éloigné du mien, la cérémonie des César. J'ai même été amené à fouler le tapis rouge du célèbre festival de Cannes, à en gravir les marches, finalement bien moins impressionnantes sur place qu'à la télévision. C'était dingue d'être catapulté là-bas, déboussolant, et au cœur de ce marasme j'étais bien content quand je me retrouvais tout seul dans la rue dès que je pouvais, à faire mes tricks avec mon BMX. Comme toujours, l'engin était ma ligne de vie, ma base, mon évidence me ramenant à la réalité. À peu près au milieu du film, on me voit sur la plage, dressé sur ma monture, enchaînant les figures entre deux cours de voile. Pourtant, la scène n'était pas écrite dans le scénario. Ne jamais perdre une occasion de faire briller le petit vélo.

15

Une image de marque

Avec la sortie du film, j'ai vu le nombre de mes followers grimper sur les réseaux sociaux, notamment sur Instagram. J'avais découvert l'application peu après son lancement, en 2010. À la base, elle constituait surtout une manière novatrice de publier des photos, de les retravailler, de jouer avec des filtres, et forcément je trouvais ça trop cool, moi qui avais développé ce goût pour l'esthétique des prises de vue, la recherche du bon angle, de la bonne lumière, capturer des instants singuliers sur mon bike. Ensuite, j'ai saisi que le média allait aussi me permettre de partager mes histoires, comme le MySpace de l'époque des « Riders in the shit » ou le Blogspot sur lequel j'avais narré mes aventures japonaises lors de mon séjour initiatique chez Ucchie. Ce constat est devenu évident après mon road-trip en Australie, en 2013, avec la bande de « Ride Sessions », retransmis au jour le jour sur les réseaux sociaux. À notre retour en France, notre communauté avait gonflé, des gens me reconnaissaient dans la rue et venaient me dire qu'ils avaient kiffé suivre notre voyage. Cette nouvelle réalité virtuelle s'est heurtée à une autre évidence, dont j'étais convaincu depuis le début de ma carrière : pour vivre du sport de haut niveau, qui plus est dans une discipline à l'origine aussi peu médiatisée que la mienne, il faut exister autrement que via les compétitions et les victoires. Développer diverses sources de revenus. Se construire une image allant bien au-delà de la performance.

Entre mon tempérament bonhomme et spontané, ma rencontre avec mon agent, Guillaume Valladeau, qui m'a aidé à structurer l'ensemble de mes activités, ou encore ma facilité à dire oui à la moindre opportunité attrayante, cet impératif s'est édifié naturellement, se consolidant au fil de mon évolution d'athlète et de personnalité publique. Il s'agit d'un jeu à plusieurs bandes, un délire d'équilibriste tant il convient de tout concilier sans jamais cesser de hiérarchiser les priorités. D'abord s'entraîner, encore et encore, afin de demeurer parmi les têtes d'affiche de son sport. Puis trouver le temps de se consacrer à d'autres projets, de les imaginer, de les réaliser. Répondre aux sollicitations, savoir identifier celles qui seront les plus bénéfiques. Tout est lié. Gagner déclenche l'intérêt des sponsors et des partenaires. Leur soutien fournit une aisance financière et de la visibilité. Cette visibilité s'entretient et se bonifie via les réseaux sociaux et en allant explorer des territoires très éloignés du bitume et du vélo, de l'aire de flat. L'athlète sort de son carcan initial. Pour la bonne cause. Le développement de son image lui permet non seulement de se consacrer à sa passion sans galérer à la fin du mois mais aussi, à travers lui, de faire connaître sa discipline. Un cercle vertueux s'instaure.

Avant le tournage de *MILF*, je m'étais par exemple déjà laissé aller à une première expérience télévisuelle. En 2015, j'avais été contacté par la boîte de production « Troisième Œil » pour participer en tant que juré à une nouvelle émission baptisée « Talent Street », une espèce de « La France a un incroyable talent » dédiée aux sports et aux arts urbains. Sur la scène, en concurrence pendant neuf semaines, des riders, des rappeurs, des graffeurs, des danseurs, le signe que la culture dans laquelle je baignais depuis l'adolescence avait conquis d'autres cœurs que le mien et commençait à intriguer le grand public. Le tout en prime time, sur une chaîne de France Télévisions – France Ô. Le plus fou, outre que l'on ait pensé à moi pour juger les prestations des candidats, c'était les deux autres membres du jury que j'allais accompagner : l'extravagante chorégraphe Mia Frye, que l'on avait notamment découverte avec un autre programme sur M6, « Popstars », et le chanteur et comédien Joey Starr. D'un coup, je me retrouvais propulsé dans le petit écran aux côtés de ces deux monstres de la télévision, ma tronche avec la leur en 4 x 3 sur le flanc des autobus et les panneaux d'affichage du métro. Une dinguerie. L'ambiance était incroyable. On s'est vraiment marré et le concept a porté ses fruits, servant de tremplin à tous ces jeunes et à leurs disciplines respectives. Parmi eux, Aurélien Giraud est devenu l'un des meilleurs skateurs du monde, représentant la France aux Jeux Olympiques de Paris 2024.

Pour peaufiner mon image de marque, laisser s'exprimer mon penchant de « yes man » n'aurait pas suffi. L'enjeu passe aussi par la création régulière de contenus innovants, susceptibles de mettre en valeur ma pratique, d'épater ceux qui me suivent déjà et d'attirer de nouvelles personnes. Ainsi va la vie des réseaux sociaux, régis par la loi des algorithmes et du nombre de vues. Une fois intégrés, leurs codes et leurs contraintes cèdent une large place aux idées les plus folles et j'adore ce pan-là de mon quotidien. La vidéo a toujours fait partie de mon univers comme de celui du BMX, depuis nos imitations des Jackass avec les potes du collège ou lors de cet été passé à inventer des tricks sur le playground d'une ville hongroise – posté sur YouTube –, jusqu'à la multitude de séquences tournées à travers le monde pour tel ou tel sponsor.

Au cours de la pandémie de Covid-19, certaines de mes vidéos ont particulièrement fait le buzz. Lorsque le confinement a été déclaré partout sur la planète, je me trouvais aux États-Unis avec ma nouvelle compagne, Constance Jablonski, installée à New York. D'abord, il y a eu ces images tournées à son domicile, avec vue sur l'Hudson River. Elle en train de jouer une des sonates de Beethoven au piano et moi, derrière, à tournoyer sur mon vélo, à la verticale sur le tapis du salon. Le contenu est devenu viral et m'a ensuite donné l'envie d'aller plus loin, de documenter à ma façon la situation inhabituelle que nous traversions, ce monde à l'arrêt, cette métropole d'ordinaire fourmillante, réputée pour ne jamais dormir, abandonnée à elle-même. J'ai pris mon bike, mon téléphone et mon trépied, et je suis allé me filmer dans les rues désertées de Big Apple, roulant et enchaînant les figures sur le pont de Brooklyn et la Cinquième Avenue, aux abords de la Freedom Tower ou face à la statue de la Liberté, au son d'une chanson du groupe LCD Soundsystem intitulée *New York I Love You, But You're Bringing Me Down*. Nouveau carton.

L'année suivante, j'ai récidivé à Paris, immortalisant une promenade de nuit en plein couvre-feu sanitaire. Après avoir ridé dans les avenues vides de la capitale, face à ses monuments les plus célèbres tels que la tour Eiffel, l'Arc de Triomphe et la basilique du Sacré-Cœur, ma balade en BMX s'est terminée sur la scène de l'Opéra Garnier. Des moments suspendus. Inoubliables. J'ai une chance de malade de réaliser toutes les folies qui émergent dans ma tête, de pratiquer un sport dont la dimension artistique sublime les mouvements et les décors. En vieillissant, en gagnant en confiance et en expérience, je me suis même senti légitime de m'investir plus profondément dans la création de ces vidéos. Je connaissais des riders, des photographes, des vidéastes, des preneurs de son et des monteurs de talent, tous spécialisés dans les sports urbains. Plutôt que de dépendre pour chaque projet de boîtes de production différentes, je me suis associé avec Guillaume, mon agent, pour bâtir notre propre structure, pouvoir répondre en la matière aux attentes des sponsors. Je suis spécialement fier que nous ayons coproduit le film *Time Machine* réalisé pour Swatch, en partenariat avec Red Bull et diffusé en 2023. On m'y retrouve dans le cadran d'une montre géante, sautant par-dessus les aiguilles, ridant sur tous ses reliefs, les rebords incurvés tels des rampes, les index servant au marquage des heures conçus à la manière des modules de skateparks. Des inscriptions originales y figurent, certains de mes tatouages, une couronne en référence à mes titres de champion du monde et même le surnom qu'on m'avait donné à l'école : « dent-doigt ». Facile. Tout était né dans mon imagination quelques années plus tôt, et c'était une satisfaction énorme de voir cette rêverie prendre forme, d'autant plus en maîtrisant la quasi-totalité de la chaîne de production entre potes. À l'avenir, poursuivre l'exploration de ce type de savoir-faire constitue l'une de mes principales ambitions.

Avec les réseaux sociaux, j'ai réussi à inventer ma propre routine. Tous les matins, je me pose avec mon téléphone et je parcours mes photos de la veille. Je prends beaucoup de plaisir à construire l'histoire que je vais raconter dans mes stories, en décalé, associant des moments vécus avec mon BMX et des instants plus personnels. Un mélange de ma vie d'athlète et de ma vie privée, toujours positif, cohérent avec ce que je suis, un gars optimiste, souriant, en permanence d'attaque pour se marrer. « Today was a good day » : quoi qu'il arrive, c'est ainsi que s'achève chacun de mes récits quotidiens. Dans cette façon d'interagir avec ma communauté se glissent parfois des obligations, une publication pour mettre en avant une marque avec laquelle je collabore, une photo un peu plus commerciale que les autres. C'est le jeu et je l'assume, mais je fais en sorte de le disputer avec mes propres règles. Je refuse de me transformer en publicité ambulante, en simple influenceur. Avant tout, je reste un sportif de haut niveau. Je m'arrange pour noyer ces exigences contractuelles au milieu de mon lifestyle, pour qu'elles demeurent anodines, reléguées au second plan derrière l'esthétique ou la puissance d'une vidéo. Je préfère me dire que j'utilise mes partenaires pour créer du contenu qui va inspirer les gens, les divertir et les émerveiller, les pousser à s'adonner à une activité physique, plutôt que de considérer que ces partenaires usent de mon image pour vendre leurs produits. Voir le verre à moitié plein. L'optimisme, encore. En tout cas, accorder de l'importance à ma communication, la chiader, me permet de ne jamais me sentir circonscrit à ce rôle. Certains ironiseront sans doute, évoqueront un paradoxe. Pourquoi, tout simplement, ne pas refuser ce genre de collaboration ? Je le répète : parce que, à la base, il s'agit d'une question de survie. Je suis choqué de lire ici ou là que de nombreux athlètes français, notamment dans les sports individuels, vivent sous le seuil de pauvreté, sont obligés de cumuler leur discipline avec un travail, n'ont pas les moyens de s'entraîner convenablement, autant qu'ils le voudraient, voire se retrouvent contraints de renoncer à leur carrière et à leurs rêves. Aujourd'hui, développer son image au travers des réseaux sociaux représente une voie intéressante pour pallier ces éventuelles difficultés matérielles. Il faut que les sportifs continuent de l'appréhender, qu'ils sachent en profiter avec intelligence. Voilà une de mes autres ambitions futures : les aider à y parvenir, comme j'ai réussi à le faire.

16

Passage de témoin

Dans la trajectoire d'un athlète professionnel, la fin de carrière représente une étape fatidique, charriant souvent son lot d'interrogations vertigineuses. Cette retraite-là ne fait l'objet d'aucun débat politique, d'aucune bataille syndicale ni manifestation. Face à elle, on se retrouve seul avec sa conscience, libre d'en fixer l'âge et le contexte, sans réglementation pour nous aiguiller un minimum. Impossible d'anticiper complètement ce que peut provoquer le manque du sport à haute dose, de l'adrénaline liée aux compétitions. Ne plus triompher. Ne plus monter sur un podium. Difficile aussi de se projeter vers des chemins de reconversion, d'être convaincu que ceux que l'on envisage d'emprunter vont nous correspondre. Je ne me sens pas vraiment concerné par ces problématiques. Songer à l'après ne m'a jamais effrayé. La multiplication d'activités annexes, plus ou moins en lien avec le BMX, m'a permis de ne pas avoir à gérer de telles angoisses. De voir cette transition comme un jalon naturel et heureux, à coup sûr prolifique. À vrai dire, je n'ai eu qu'une seule crainte à ce sujet : effectuer la saison de trop, m'entêter à aller chercher à tout prix un ultime titre mondial avant de ranger le vélo au garage.

Ce moment idéal, j'y pense depuis très longtemps, d'autant plus que j'observe s'installer avec aplomb la suprématie japonaise sur le flatland. Quand on a déjà tout gagné, à quoi bon s'acharner contre plus jeune et plus fort que soi, prendre le risque qu'on oublie mes victoires tant mes défaites d'obstiné les auront effacées ? L'année 2024, celle des Jeux Olympiques à Paris, s'est imposée comme une évidence. En décembre, à Abu Dhabi, je tenterai d'aller décrocher un dixième sacre planétaire, bien conscient de l'ampleur de la tâche face aux prodiges nippons. Et si je n'y arrive pas, tant pis, ça sera sans regrets. J'ai même hâte de la suite. Hâte de continuer de rider hors compétition, de promouvoir mon sport, de transmettre ma passion et mon expérience aux générations suivantes, de la même manière que les Stereo Panda se sont évertués à le faire avec moi. Ce sacerdoce me réjouit.

Il y a un rider français sur lequel je veille avec attention : Julien Baran. Originaire de Normandie, il n'avait que 9 ans lorsqu'il m'a vu concourir en 2015 depuis les gradins du gymnase Robert-Gossart de Condé-en-Normandie – anciennement Condé-sur-Noireau – où il était venu avec son père assister à l'Astrolabe Flatland BMX Contest, l'une des principales compétitions de la discipline dans l'Hexagone. Elle est organisée par les Narvalos, l'un des deux seuls clubs de flat existant en France avec celui d'Alexandre Jumelin, à Montpellier, la FISE Flat Academy. Ce jour-là, on avait pris une photo tous les deux. À l'époque, Julien ne s'était jamais assis sur la selle d'un vélo de vingt pouces. Il grandissait non loin de là, à Souleuvre-en-Bocage, près de Vire Normandie (Calvados), et avait exhorté son père à aller lui acheter un bike comme le mien après l'événement. Je ne l'ai recroisé que trois ou quatre ans plus tard, aux BMX Worlds de Cologne. À seulement 12 ans, il avait crevé l'écran dans la catégorie amateur. J'avais été bluffé par son aisance et sa précocité. En le regardant, je me suis dit : « Ce gamin, s'il persévère, il va tout déchirer. »

J'ai commencé à discuter avec lui sur les réseaux sociaux, à me rapprocher de son papa afin de leur fournir un maximum de conseils, sur le sport en lui-même mais aussi sur l'écosystème tout autour, les sponsors. Lorsque mon emploi du temps ne me permettait pas d'honorer telle ou telle invitation pour une démonstration, je lui refilais le plan afin qu'il se fasse connaître. On échangeait sur l'entraînement, sur les tricks, et je l'encourageais à polir sa maîtrise des figures de base tout en développant son originalité, sa propre voie. Devenu par ailleurs étudiant en communication, il n'avait même pas besoin de moi pour dompter les codes d'Instagram, de Snapchat ou de TikTok, mettre en valeur sa pratique et son image, il savait déjà parfaitement y faire. Sa progression s'est poursuivie de manière impressionnante et je l'ai connecté à Ucchie pour qu'il aille lui aussi découvrir la maison mère, le Japon. Quand je le croise en compétition, je lui murmure encore à l'oreille quelques recommandations pour ses runs, de bien penser à soigner son premier et son dernier enchaînements, ceux que les juges retiennent, un peu comme un grand frère inquiet pour son protégé.

Julien ne tombe pratiquement jamais, ce qui est rare à son âge. Il a cette capacité à ne pas se laisser envahir par le stress. En compétition, il y a toujours un moment où l'on se retrouve déstabilisé sur le bike, au sens propre comme au figuré. Il faut réussir à rester concentré pour ne pas fauter, perdre le fil de sa chorégraphie et enchaîner les erreurs. Un désastre est vite arrivé. Une minuscule pièce s'enraye et c'est toute la machine qui dysfonctionne, comme un château de cartes qui s'écroule. Le mental est une ressource essentielle, qui se renforce avec l'expérience. Chez lui, l'hermétisme à la pression est inné, il passe vite à autre chose et cela représente une grande force. Julien possède aussi des qualités hors normes en matière de coordination entre ses yeux, ses mains et ses pieds, qu'il ne cesse d'améliorer en travaillant. Aujourd'hui, au sein des jeunes flatlanders, il est l'un des seuls à pouvoir rivaliser avec ses adversaires japonais et j'ai envie qu'il aille le plus haut possible, qu'en quelque sorte il me succède, que plus tard il entretienne la chaîne de notre discipline qui perdure en grande partie grâce à l'entraide entre riders.

En fréquentant régulièrement l'école d'Alex à Montpellier et en voyant tous ces gamins heureux de partager du temps ensemble en apprenant des tricks, comme nous à la grande époque de Bastille et du marché Saint-Honoré, une autre idée s'est mise à me trotter dans la tête. Celle d'un lieu qui serait dédié au BMX, au sein duquel les athlètes pourraient venir en stage, de plus ou moins longue durée, avec à leur disposition un maximum d'installations. Un jour, j'ai été contacté par Vincent Chrzanowski et Ludovic Beaulieu, un passionné de sports extrêmes et un banquier d'affaires. Eux aussi s'étaient lancés dans un projet du même ordre, de façon beaucoup plus concrète, et ils souhaitaient savoir ce que j'en pensais. À Val-de-Livre, au cœur de la Montagne de Reims, en Champagne, ils avaient fait l'acquisition d'un gigantesque terrain de 14 hectares, utilisé durant de nombreuses années pour des réceptions et des mariages. Ils désiraient en faire un spot de zinzin, un temple des action sports avec une piste de BMX race, de dirt, un BMX park mais aussi un circuit de VTT et pourquoi pas un dojo, des cours de padel, des salles de fitness et de soins, des hébergements et un restaurant, des boutiques. C'était encore plus ambitieux que dans mon esprit et j'ai tout de suite été enthousiaste.

D'abord sollicité en tant que consultant, j'ai décidé de m'associer à leur démarche. C'était une nouvelle façon pour moi de rendre à mon sport tout ce qu'il m'avait donné, de préparer l'avenir aussi, tel que je l'avais imaginé, dans une optique de transmission. La Farm est peu à peu sortie de terre à partir de 2023, avec tous les équipements dont nous avions rêvé et une capacité de 40 couchages. Des espaces ont même été consacrés à l'agriculture biologique et d'autres prévus pour recevoir un incubateur de start-up. De nombreux athlètes – dont Julien Baran – sont venus s'y tester, voire même en partie préparer les Jeux Olympiques, à l'image d'Anthony Jeanjean, futur médaillé de bronze de BMX freestyle. Officiellement, le centre a ouvert ses portes au grand public en septembre 2024 et pour Vincent, Ludovic, Mikaël Gauzi – un de nos nombreux partenaires – et moi, cet accomplissement a été une grande joie.

J'espère que cet écrin de sport permettra à tout un tas d'amateurs comme de professionnels de s'entraîner et de progresser dans des conditions optimales. Durant toute ma carrière, j'ai entendu que les Américains, les Australiens ou encore les Britanniques faisaient partie des meilleurs parce qu'ils disposaient d'infrastructures exceptionnelles. À notre échelle, peut-être aurons-nous contribué à réduire ce fossé.

Je ne sais pas exactement d'où provient ce besoin de transmettre toute la passion que je porte à ma discipline : de caractéristiques liées à mon histoire et à ma personnalité ou bien simplement de l'ADN communautaire de nos sports urbains. Est-ce qu'il y a eu un déclic ? En tout cas, je me souviens d'un voyage pour Red Bull en Afrique du Sud, en 2013, aux côtés de l'Espagnol Viki Gomez. On avait fait des démonstrations dans tous les coins du pays, sur des plages ou dans des boîtes de nuit branchées, dans plein d'endroits paradisiaques. Et puis, vers la fin du séjour, on a débarqué dans le township de Soweto avec notre van aux couleurs de notre partenaire. Autre ambiance. Au départ, j'étais gêné. On nous regardait de travers. Je ressentais à notre égard une forme d'animosité. À juste titre, les locaux en ont marre de voir se balader des blancs venus se prendre un shoot de pauvreté dans ce quartier défavorisé et surpeuplé, au sud de Johannesburg. Un tourisme malsain auquel j'avais l'impression de participer. On s'est quand même mis à rider sur une petite place encadrée par un marché. Le vélo et la danse que nous réalisions dessus ont fait exploser le mur de méfiance qui s'était spontanément dressé entre nous. Les gens se sont regroupés. Ils ont mis de la musique et ont commencé à se déhancher à leur tour, à faire griller de la viande sur des barbecues. Notre visite s'est transformée en énorme teuf. On prêtait nos bikes aux gamins qui voulaient essayer de rouler avec, voire de tenter une figure pour les plus intrépides. L'un d'entre eux se débrouillait sacrément bien et ça nous a scotchés. Quelques jours plus tard, sur le point de quitter l'Afrique du Sud, j'ai demandé à la production s'ils pouvaient retrouver le gosse en question et le faire venir à l'aéroport. En arrivant, il pensait qu'il était simplement là pour nous saluer une dernière fois et moi je lui ai tendu mon BMX en lui disant : « C'est pour toi ! » Il s'est mis à pleurer et c'était un moment hyper intense. Par la suite, étant donné la précarité dans laquelle il vivait, il aurait pu revendre l'engin mais non, il a continué de rider, de m'envoyer des mails avec des vidéos sur lesquelles je le voyais s'éclater, progresser. Je ne raconte pas cette anecdote pour me faire mousser. Mon action n'a rien d'extraordinaire, j'ai repris mon existence de privilégié et je ne vais pas me lancer demain dans l'humanitaire. C'est juste que je sais à quel point le vélo peut rendre heureux et que je tiens, dès que possible, à partager ce bonheur.

17

Paternité

J'ai rencontré Constance à 29 ans, en juin 2018, en quelque sorte grâce à mon passage au cinéma. Je la suivais sur Instagram, comme plus d'un million de personnes, en considération de sa carrière de mannequin et d'entrepreneure. Un jour, alors qu'elle était en vacances en France, sa meilleure amie lui a fait remarquer que je comptais parmi ses followers, qu'elle m'avait vu jouer dans *MILF*, qu'elle m'avait trouvé mignon et sympa. Évidemment, Constance ignorait qui j'étais. Elle n'avait jamais entendu parler du film, encore moins de BMX. Mais son séjour dans la région se déroulait durant le FISE et mon nom est revenu à ses oreilles plusieurs fois, tel un signe. Elle a fini par me follow back, comme on dit, et je n'ai pas dû mettre plus de cinq secondes à lui envoyer un message. On s'est écrit pendant une semaine et on a décidé de se voir à Paris, avant qu'elle ne reparte pour New York.

Le début de notre relation a été marqué par les voyages, déjà parce que nous vivions à mille à l'heure, que nos boulots respectifs nous faisaient sauter d'un avion à un autre, et que pour nous voir en chair et en os nous devions traverser l'Atlantique. Aussi parce que nous adorions partir loin tous les deux dès que nos agendas nous le permettaient, en Islande ou en Namibie, où nous avons parcouru à vélo le désert du Damaraland. Notre vie de couple n'avait rien de classique mais nous étions sur la même longueur d'onde. On donnait la priorité à nos opportunités professionnelles et on se retrouvait quand on pouvait ; partager cette vision des choses nous a encore plus rapprochés. Comme beaucoup de monde, notre élan a été coupé par la pandémie de Covid-19 qui, confinement oblige, nous a contraints à ralentir, à nous poser, à réellement vivre ensemble pour la première fois, chez elle, aux États-Unis. Un mal pour un bien de ouf.

À New York, les restrictions de sortie n'étaient pas les mêmes qu'en France. Là-bas, pas besoin d'attestation pour se dégourdir les jambes autour du pâté de maison, chacun était libre de circuler à sa guise tout en respectant les gestes et les mesures barrières. On se promenait dans Central Park que nous avions parfois pour nous tout seuls. On louait des voitures à la journée pour aller se balader dans les environs, le long de la côte Est ou bien jusque chez des amis résidant dans le Connecticut, à deux heures de route de Manhattan. On était tout le temps dehors avec Ariana, le chien que Constance avait recueilli un an auparavant. C'était génial, ces moments tous les trois, une parenthèse de calme et de bien-être malgré la crise sanitaire qui nous tombait dessus. C'est à cette période que j'ai tourné la vidéo du piano et celle dans les rues désertées de la ville, avec mon BMX. Ces quatre mois de répit forcé ont également exacerbé une sensation qui s'était mise à émerger à propos de nos voyages incessants. J'éprouvais de moins en moins de satisfaction à sillonner la planète pour des compétitions auxquelles j'avais participé de nombreuses fois. Je réfléchissais déjà à lever le pied. J'imaginais la suite, l'après. Constance, elle aussi, ressentait une forme de burn out à bouger ainsi en permanence. Elle venait de lancer un nouveau projet, French Bloom, une marque de vin pétillant sans alcool, haut de gamme, et elle aspirait à un quotidien plus paisible. Nous étions encore une fois sur la même longueur d'onde.

Notre relation m'a ouvert de nouveaux horizons, comme celui de la mode et du mannequinat. Un jour, je l'ai accompagnée à son agence, à New York. Pour un shooting, un de ses clients cherchait un homme pour jouer son petit ami. Ce n'était pas grand-chose, juste une amorce de main, et puisque j'étais là on m'a demandé si le job pouvait m'intéresser. J'ai dit feu et, par la suite, mon profil leur a tapé dans l'œil. Avec ma grande taille et mes tatouages, j'ai un physique qui passe bien. J'ai signé un contrat avec l'agence de Constance et j'ai découvert l'univers des séances photo, très différent de celui d'un tournage de cinéma. Apprendre à poser sans donner la réplique constitue un défi d'un autre ordre, l'un des boulots les plus exigeants que j'ai été amené à faire. C'est intimidant, il faut se laisser aller, tenter des postures mais, à l'arrivée, cela stimule de dingue la confiance en soi. Cette activité m'a beaucoup apporté, a satisfait ma curiosité. J'étais fasciné par l'envers du décor, le travail des photographes, tout ce qui était mis en place par les productions. J'ai même eu la chance de faire un shooting avec Mark Seliger, un grand portraitiste, photographe de Barack Obama ou encore d'Iggy Pop. Je me suis retrouvé avec lui, dans son studio, et pour la millième fois de ma vie j'ai halluciné : « Mais qu'est-ce que je fous là ? »

Durant ce long séjour à New York, nous avons parlé enfant. Une première. Rien de très concret d'abord, les discussions classiques sur la parentalité, l'envie ou non d'en avoir, quand, où, les mêmes interrogations que des milliers de jeunes couples envisageant de construire quelque chose ensemble. Du temps s'est écoulé, nos carrières et notre vie à deux ont suivi leur cours, à Paris désormais, et Constance est tombée enceinte au printemps 2022. À l'origine, on voulait imiter mes parents. Pour mes deux sœurs et moi, ils n'avaient pas voulu connaître le sexe du bébé avant l'accouchement. Sur le papier, on trouvait ça très cool mais, en pratique, c'était plus compliqué. On avait du mal à se projeter et on a lâché l'affaire lors du septième mois. C'était un garçon, et on s'est lancé dans la recherche d'un prénom. On a fait des listes chacun de notre côté puis on les a comparées, en croisant les doigts pour qu'il y ait des correspondances. Il y en avait bien quelques-unes mais nous n'étions plus sûrs qu'elles nous plaisent réellement. Un soir, Constance est rentrée à la maison avec une proposition qui lui était venue dans la journée, en mode révélation : Eliott. Dans ma tête, ça a fait tilt encore plus violemment qu'un flipper balancé contre un mur. Eliott ! Comme le personnage d'*E.T., L'Extraterrestre*, ce gamin qui s'envole sur son BMX avec ses copains ! Un de mes films préférés, fondateur pour l'histoire du petit vélo. Quand j'y repense, c'est fou de ne pas y avoir songé plus tôt, tout du moins avant Constance, qui l'a suggéré sans avoir la moindre idée de cette référence. En plus, il est stylé ce prénom, aussi bien francophone qu'anglophone. J'ai dû rester bouche bée face à elle en lâchant : « Cherche plus, c'est sûr c'est ça. » Et notre Eliott est né à la fin de l'année 2022.

Deux mois auparavant, ma cheville m'avait joué un mauvais tour. La veille de la première tentative de tournage de la vidéo « Time Machine », dans le cadran de montre géant, je me la suis brisée de nouveau, à l'entraînement. J'avais de l'expérience en la matière, ce qui m'a permis d'appréhender cette blessure avec davantage de recul. En revanche, le timing n'était vraiment pas bon. Le projet pour Swatch a dû être différé de quasiment une année et j'ai dû renoncer à ma participation aux championnats du monde, organisés à Abu Dhabi. Surtout, il était hors de question que j'accueille mon fils en béquilles, ni même en boitillant, que je ne sois pas là à 100 % pour Constance et lui après l'accouchement. Pas le choix. J'ai envoyé une rééducation de l'espace, à la Djokovic. J'ai choisi de me faire opérer directement et de bosser la moindre partie de mon corps exploitable en attendant de pouvoir solliciter mon articulation. Deux semaines après ma sortie de l'hôpital, je commençais déjà à pédaler avec mon kiné, à mobiliser ma cheville en effectuant sans relâche les exercices de renforcement musculaire qu'il m'avait indiqués. Ensuite, j'ai sorti mon vélo électrique et je suis allé rouler avec ma botte de protection. J'étais inarrêtable. Deux mois pile après cette nouvelle fracture de la cheville, en attendant Eliott, je refaisais déjà quelques tricks sur mon BMX. J'étais en pleine forme, prêt à devenir père. D'ailleurs, cette blessure a aussi renforcé ma volonté d'identifier bientôt une porte de sortie. Mon existence prenait un nouveau virage. J'avais la chance de fonder une famille alors que j'avais déjà écrit depuis longtemps les plus belles pages de ma carrière en compétitions. Neuf titres de champion du monde. Des dizaines et des dizaines de victoires. Le palmarès le plus garni de mon sport. Dorénavant, je veux que chaque projet, chaque voyage m'emmenant loin des miens correspondent à des aspirations qui m'épanouissent vraiment. Si c'est pour m'embarquer à reculons dans un contest ou un job que j'ai déjà fait mille fois, je préfère rester à la maison, être là au réveil d'Eliott, l'entendre avec son élocution encore approximative répéter « vélo, vélo », tant il est déjà intrigué par l'engin bizarre sur lequel tournoie son père.

18

Dernière danse

À l'approche de l'édition 2024 du FISE, j'ai été pris d'une flemme monumentale. J'avais d'autres projets en tête, des vidéos à tourner, des sollicitations médiatiques en vue des Jeux Olympiques, je ne ressentais aucune motivation à l'idée de réveiller le compétiteur assoupi quelque part, au fond de moi, lassé par toutes ces années de haut niveau. Par ailleurs, j'avais jeté un œil à la liste des riders et les Japonais avaient prévu de se déplacer en masse, que des cracks, ça ne m'aidait pas à envisager un sursaut, la marche pour leur résister était devenue trop élevée. Pourtant, j'étais obligé d'y aller. Toute la scène du BMX savait que j'effectuais mon ultime saison. Je ne pouvais pas tirer ma révérence en compétition sans participer une dernière fois au FISE, sans faire officiellement mes adieux à Montpellier, à ce public des rives du Lez qui m'a toujours transmis une folle énergie. J'ai abordé l'événement comme un jubilé, sans spécialement m'entraîner, comptant la jouer au feeling. Seul dans ma voiture sur la route de l'Hérault, je me suis laissé envahir par un mélange de craintes et de mélancolie. Et si cette dernière se transformait en catastrophe ? Si je n'étais même pas capable de me qualifier pour les demi-finales, parmi les seize meilleurs flatlanders du week-end ? Les kilomètres défilaient et je pensais à Constance et à Eliott, partis au Touquet pendant mon absence. Ils me manquaient déjà. J'aurais préféré rester avec eux.

Sur place, plutôt que de me rendre à l'hôtel, j'ai rejoint ma famille dans la maison qu'avait louée ma sœur Laurie pour l'occasion. Elle était là avec son fils et son compagnon. Il y avait également mes parents et leur présence à tous a été salvatrice. Au cours de ma carrière, je n'avais que très rarement passé du temps avec mes proches lors des compétitions mais là, j'avais l'impression de retrouver un cocon, une douceur, loin de l'effervescence du FISE et des enjeux de ma sortie très attendue. Dans leurs yeux et leurs mots, je comprenais qu'ils étaient heureux d'être là, avec moi, impatients de me voir rider, de participer à la fête de ce sport devenu mon métier et qui forcément avait pris aussi une place un peu particulière dans leur vie. Leurs égards ont ravivé une flamme, brusquement ranimé le compétiteur endormi. Je ne pouvais pas les décevoir, rentrer à Paris tourmenté par les regrets d'une prestation ratée lors de l'un des contests les plus mythiques au monde, un contest qui m'avait vu gagner, grandir, et gagner encore. C'était ma dernière danse. Elle devait être belle !

Ma détermination n'a pas chassé mes doutes. Sur le vélo, mes sensations n'étaient pas bonnes. Je manquais d'entraînement et de confiance. Depuis le début de l'année, j'avais fait l'impasse sur de nombreuses compétitions. Durant mon run de qualification, face aux spectateurs réunis sur les berges du fleuve converties en tribunes naturelles, j'étais hyper tendu. Mes jambes tremblaient, me poussant à commettre une erreur ou deux même si, dans l'ensemble, ma chorégraphie était correcte. Je me demandais si ça allait suffire. Sur la quarantaine de riders en concurrence, une bonne vingtaine pouvaient prétendre à un ticket pour le prochain tour et il n'y avait que seize places. C'était pas gagné. L'attente des résultats me rendait anxieux et elle a été longue. La sentence a fini par tomber en début de soirée. Douzième. Qualifié. J'allais pouvoir proposer un autre run et je crois que cette perspective m'a soulagé, voire libéré. La finale me paraissait inaccessible et je ne l'envisageais pas encore. J'étais juste heureux de pouvoir rider une journée de plus, de montrer de nouveau ce que je savais faire, de rendre fiers les miens, tous ceux qui m'entourent et qui me suivent.

Après la bonne nouvelle, on a fait un barbecue en famille puis je suis rentré dormir à l'hôtel. En me couchant, j'ai songé à mes enchaînements, aux tricks que je pouvais améliorer ou bien ajouter, ceux qui potentiellement allaient me faire gagner des points face aux Japonais. J'ai aussi réfléchi à la bande-son qui allait accompagner mon passage. Je cherchais une chanson de circonstance, exprimant la fin d'un cycle, et j'ai opté pour *Dernière Danse*, de Kyo. Je l'écoutais gamin et j'avais depuis découvert que Constance était également méga fan du groupe. Le lendemain, des frissons m'ont parcouru lorsque la mélodie a démarré dans les enceintes de l'aire de flat. D'abord, les paroles – « j'ai longtemps parcouru son corps, effleuré cent fois son visage » – fredonnées en chœur par l'assemblée. Ensuite, les premiers coups de batterie donnant le tempo, suivis de près par la guitare. J'étais galvanisé par la réceptivité de la foule, son envie de me voir triompher. J'ai entamé mon run de la même façon que d'habitude, avec un « half cab 540 », une figure inspirée du street pour laquelle je garde les pieds sur mes pédales en effectuant une rotation à 180 degrés puis une autre à 540 degrés pour me remettre dans le bon sens. Quand les roues du BMX s'écrasent sur le sol après avoir tourné dans les airs, l'atterrissage est violent. Ça secoue mais ça te stimule pour le reste de ta prestation, ça fait crier les spectateurs. Malgré des années de compétitions, je n'ai pas oublié l'essentiel : bien commencer et bien finir ces trois minutes.

À partir de ce « half cab 540 », je me suis focalisé sur la musique, concentré, enchaînant les tricks sans poser un pied par terre. Aucun faux pas. Je réussissais tous mes enchaînements et le public criait de plus en plus fort. Plus le temps s'écoulait, plus je me disais que, pour un mec venu à reculons, sur le point de prendre sa retraite en compétition, je m'en sortais pas trop mal. La pression est retombée d'un coup en concluant mon run sans accrocs et j'ai pris une énorme décharge d'adrénaline. Le sentiment du devoir accompli. Tout le monde debout autour de moi, applaudissant et m'acclamant. À cet instant, j'avais déjà gagné. Jamais je n'aurais imaginé vivre des émotions aussi intenses pour ma dernière venue au FISE, communier avec tous ces gens sous un soleil brûlant de printemps, lever les bras comme au premier jour, avec la même envie, la même passion malgré le poids des années. Les résultats ont accentué mon extase. Les notes des juges me classaient quatrième, elles m'envoyaient en finale. Bizarrement, la première chose à laquelle j'ai pensé n'a pas été ma qualification. Je me suis fait la réflexion qu'avec une telle chorégraphie, dix ans auparavant, j'aurais terminé en tête, et de loin. Mon sport avait terriblement progressé et j'étais encore plus fier de ça que de moi.

Le dimanche, c'était sûr, ce serait la dernière. J'étais arrivé au bout de la compétition et il n'y aurait pas d'autre run. Toute forme de stress avait disparu. J'avais juste envie de kiffer. J'ai même hésité à ne faire que rouler en rond sur l'aire de flat pour profiter à fond du moment, m'imprégner de chaque particule de cette atmosphère pour ne pas l'oublier, l'avoir en moi pour toujours. Pourtant, j'ai ridé et peut-être mieux que jamais dans ma carrière. Lorsque Kyo a commencé à faire entendre sa *Dernière Danse*, les spectateurs l'ont reprise encore plus puissamment que la veille. Pendant mes enchaînements, je sentais la rumeur s'amplifier comme dans un stade de football lorsqu'une action dangereuse se construit, grossir jusqu'à l'explosion. À chaque fois que je plaquais mes pieds sur les pédales ou sur mes pegs, validant ainsi mes figures, le public exultait et moi je hurlais avec lui avant de me reconcentrer pour la suite. Un speaker commentait mon passage au micro et il était survolté, ajoutant une strate de ferveur supplémentaire. J'ai tenu jusqu'au bout, jusqu'à la dernière seconde, un sans-faute, avec que des tricks de mon cru, et j'ai fini par jeter mon bike avant de me présenter face à la foule, euphorique. Je savais que parmi tous ces visages, il y avait celui de mon père. Il préfère se fondre dans la masse pour suivre les débats plutôt que de s'installer dans les gradins réservés aux proches. Dans ces derniers, situés sur le côté gauche de la scène, je distinguais plus facilement ma mère, ma sœur et mon neveu qui s'étaient levés eux aussi, émus. Je n'en revenais pas de vivre une telle liesse, de recevoir autant de joie et d'amour, c'était fou ! Montpellier m'a rendu au centuple tout l'enthousiasme pour le BMX dont j'ai fait preuve ici, depuis l'adolescence.

Et puis ma note est arrivée – pour la finale les juges délibèrent en direct : 91 et des poussières sur 100, une sacrée perf me plaçant provisoirement tout en haut du classement ! Derrière moi, deux des trois concurrents qui restaient à passer – des Japonais – ont commis des erreurs, contraints de sortir le grand jeu après avoir vu ma prestation. Seul l'un d'entre eux a fait mieux et je me suis hissé à la deuxième place. Sur le podium. Pour mon dernier FISE. C'était inespéré. Ma satisfaction était colossale. Le jeudi, en conduisant vers le sud de la France, maussade et pétri d'incertitudes, j'aurais tout de suite signé en bas de la feuille pour un tel scénario. Sur l'aire de flat, je regardais autour de moi et je me répétais « souviens-toi ». Force-toi à te souvenir de ce 12 mai 2024, de ce dernier FISE, de toutes les émotions qui t'ont traversé le corps, du bruit et des sourires, des accolades et des yeux mouillés, de cette « dernière danse », « un vertige puis le silence », certes, mais un silence riche de l'ivresse électrisante de cette magnifique fin d'après-midi.

Après la remise des récompenses, alors que j'allais m'emparer du micro pour m'adresser à tout le monde, les organisateurs m'ont demandé de me tourner d'abord vers l'écran géant, au-dessus de la scène. Une vidéo a démarré. Dedans, il y avait tous mes potes, Alex, Raph, tous les acteurs importants de l'univers du BMX, à l'image d'Hervé André-Benoît, le boss du FISE. Chacun avait un mot pour moi et j'ai versé une larme, ce qui n'avait pas dû m'arriver depuis ma blessure à la cheville, en 2014. Leur bienveillance m'a touché, leurs vannes affectueuses, leurs regrets de me voir dire adieu aux compétitions. Mais les phrases qui m'ont le plus remué sont celles qu'ils ont eues pour me remercier d'avoir autant œuvré pour notre communauté et notre sport, d'avoir contribué à le développer et à le faire connaître, à travers mon parcours. Encore une fois, voilà ma plus belle victoire.

19

Apothéose

En 2021, juste après les JO de Tokyo, j'avais été invité à une table ronde organisée par le Comité International Olympique (CIO), à la Monnaie de Paris. Nous étions une quinzaine, des sportifs, différents membres du comité et aussi un des bras droits de Thomas Bach, le président du CIO. La discussion avait tourné autour de la nécessité de rendre l'événement toujours plus attractif et télégénique, de parvenir à rajeunir la moyenne d'âge des téléspectateurs. J'ai donné mon avis, avancé le fait que les nouvelles générations utilisaient de plus en plus les réseaux sociaux pour s'emparer des compétitions, en matant des highlights, qu'il s'agissait d'un élément à prendre en compte mais qu'il ne fallait surtout pas dénaturer les sports pour les transformer à tout prix en spectacle ou en contenu, que chacun d'entre eux devait conserver son identité, sa culture, son histoire, être accepté tels qu'ils sont, qu'il s'agissait d'œuvrer tout autour pour les sublimer. Je prêchais pour ma paroisse. Quelque part, je me faisais le relais des craintes que j'avais pu avoir concernant l'encadrement progressif de ma discipline par les instances sportives internationales.

Plus tard, dans la lignée de ces échanges, ce sont les organisateurs de Paris 2024 qui m'ont contacté. Ils étaient à la recherche de personnalités de l'univers du skate, du BMX, du basket 3x3 et du breaking pour porter l'idée d'un parc urbain, en devenir en quelque sorte des ambassadeurs. La légende de la planche Tony Hawk et la basketteuse Diandra Tchatchouang avaient déjà dit oui direct. Avant d'être un passionné de vélo, je suis un fan de sport, de foot, de tennis, d'athlétisme, de tout. Avoir la possibilité de m'impliquer dans le plus grand événement sportif au monde, organisé chez moi, à Paris, alors que je suis encore en activité, c'était plus qu'un rêve, une chance inouïe. Bien sûr, j'y ai tout de suite vu une occasion de plus d'exposer le BMX au plus grand nombre, de tenir la promesse que je m'étais faite plus jeune : faire parler coûte que coûte de l'engin extraordinaire que j'avais dans la peau.

Je me rappelle avoir été stupéfait en découvrant les plans du site de compétition de nos sports dits urbains. Les organisateurs auraient pu nous envoyer au Bourget ou au fin fond de l'Île-de-France mais non, les athlètes allaient rider en plein cœur de la capitale, place de la Concorde, au pied de l'obélisque. Ils nous avaient écoutés, imaginant une sorte de festival au milieu de la ville, comme le FISE, avec non seulement des installations sportives mais aussi plein d'autres espaces pour accueillir le public, avec des écrans géants et des transats, des spots pour chiller, manger, danser. En marge de la course aux médailles, il y aurait des démonstrations et des initiations. On tenait à ce que l'endroit demeure accessible, au sens populaire du terme, et les places pour entrer dans le parc urbain étaient les moins chères de Jeux, 24 euros seulement. Chaque jour, environ 20 000 personnes s'y sont rendues pour profiter de l'ambiance, jeter un œil aux nouveaux sports. C'était beau à voir, tous ces gamins sur des planches de skate et des BMX dans le jardin des Tuileries, aux portes de la plus belle avenue du monde.

Quelques jours avant le début de la fête, on m'a proposé de porter la flamme olympique. Un matin, j'ai pris mon vélo et j'ai rejoint les autres relayeurs devant la mairie du 17e arrondissement. On est monté dans un bus d'où chacun descendait au fur et à mesure de notre avancée pour trottiner quelques centaines de mètres muni du symbole des JO, puis le transmettre à d'autres mains. J'ignorais où j'allais entrer en piste. Plus on progressait et plus la population du bus diminuait. J'ai été le dernier à sortir du véhicule, sur la place du Trocadéro. Là, on m'a expliqué que j'allais poursuivre la route jusqu'au palais, monter les marches de l'esplanade qui fait face à la tour Eiffel, traverser une haie d'officiels, parmi lesquels l'adjoint aux sports de la mairie de Paris, Pierre Rabadan, et le président du Comité d'Organisation des Jeux Olympiques, Tony Estanguet. J'ai rangé au placard mes idées de figures, mieux valait ne pas tomber, et j'ai avancé sagement, au pas, les fesses sur ma selle, émerveillé par ce rôle qui m'était offert. Sur le parcours, il y avait Constance, des amis, c'était la folie, sûrement l'un des moments les plus fabuleux de ma vie. Au bout de l'itinéraire, je me suis retrouvé seul face à la célèbre Dame de fer habillée de ses anneaux olympiques, avec dans une main la flamme tendue vers le ciel et, dans l'autre, mon BMX. Pour le petit gars de banlieue qui fantasmait une carrière de footballeur avant de se rabattre sur ce vélo bizarre, de devenir neuf fois champion du monde, de militer pour la reconnaissance de son sport, cette scène avait des airs d'apothéose. Plusieurs semaines après les émois vécus à Montpellier, je continuais de boucler la boucle de manière féerique.

La magie s'est poursuivie avec la cérémonie d'ouverture, malgré la pluie qui n'a eu de cesse ce soir-là d'arroser la ville. Le chorégraphe Thomas Jolly avait souhaité mettre à l'honneur les sports urbains en disposant des barges sur la Seine, sur lesquelles des athlètes devraient rider pendant le défilé des délégations. Il avait imaginé un tableau sur la thématique des jardins à la française et nous étions tous déguisés en personnage illustre, moi en général de Gaulle, en uniforme et en képi. Nous avions effectué plusieurs répétitions, d'abord dans de gigantesques et discrets entrepôts, à Disney, puis à la porte d'Auteuil, directement sur le fleuve, dissimulés derrière de grandes bâches. C'était la première fois que je participais à un spectacle de cette envergure, pour lequel il fallait coordonner des dizaines de riders durant une vingtaine de minutes, sur de la musique et à des endroits distincts. C'était une expérience passionnante. Le jour J, on a dû faire une captation télévisée l'après-midi, afin d'assurer le coup, à cause des conditions météo menaçantes. La fête n'a pas été gâchée pour autant, loin de là. Sans chauvinisme aucun, c'était sûrement la plus somptueuse et la plus audacieuse cérémonie d'ouverture de l'Histoire, et de voir le BMX en faire partie constituait une joie immense. Plus tard dans la soirée, l'adoubement des sports urbains a été acté par le discours de Thomas Bach : « Nous allons tous ensemble vivre des Jeux Olympiques plus inclusifs, plus urbains, plus jeunes, plus durables. » Et nous n'étions pas au bout de nos surprises.

Pendant ces 15 journées olympiques, je n'ai pas arrêté, comptant mes heures de sommeil par nuit sur les doigts d'une main. Fidèle à moi-même, j'avais dit OK à une multitude de sollicitations. Tous les soirs, j'étais au Club France sur le plateau d'Eurosport, accueillant les médaillés du jour, commentant les victoires et les défaites de nos champions. J'avais ma chronique dans *Le Parisien*, des échéances régulières avec mes partenaires, des demandes d'interviews, des démonstrations de flat à assurer dans différents lieux de la capitale, des billets pour assister à plusieurs compétitions. J'étais régulièrement présent au parc urbain, pour des initiations ou encore pour donner les trois coups du contest de BMX freestyle park – discipline olympique depuis 2021, à Tokyo. Je n'ai pas vu le jour mais tant pis, j'étais comme un gosse et l'enjeu était double : en profiter au maximum et qu'on entende le mot BMX à tout-va, dans tous les médias, partout, tout le temps. Ma dernière saison avait beau être bien entamée, j'étais toujours en mission et je le serais encore longtemps, au service de mon sport.

Durant ces deux semaines, la ferveur était indescriptible et je n'avais jamais vu Paris comme ça. Les gens se souriaient, ils avaient envie d'être ensemble, de partager des émotions fortes. L'atmosphère était d'autant plus exceptionnelle que nos athlètes nous ont régalés. D'abord, il y a eu

Anthony Jeanjean, une de nos plus belles chances de médaille en freestyle, déjà vainqueur du FISE au printemps 2024, quelques heures avant que je ne verse ma larme sur l'aire de flat. Là, au parc urbain de la Concorde, il a commencé par se faire peur, chutant en finale au tout début de son premier run. De quoi raviver les fantômes de Tokyo où ses espoirs avaient été douchés par des erreurs de la sorte. Il a dû faire preuve d'une force de caractère énorme pour chasser ces pensées négatives, se reconcentrer, sortir un deuxième run à la fois suffisamment ambitieux pour espérer une place sur le podium mais surtout maîtrisable, pour ne pas tomber de nouveau et finir au fond du classement. Quel bonheur de le voir s'emparer de la médaille de bronze et de parader avec lui et Alexandre Jumelin le lendemain, au Parc des Champions, toujours face à la tour Eiffel. Tout un symbole, là encore. Un passage de témoin. Trois générations de riders réunies devant des milliers de personnes, trois champions français issus de deux disciplines différentes mais d'un même sport, le BMX. Son passé et son avenir. Radieux, je continuerai de me battre pour ça.

Et puis les gars de la « race » ont tout explosé à Saint-Quentin-en-Yvelines, sur le circuit collé au vélodrome. Après une course fantastique, ils ont franchi la ligne d'arrivée en première, deuxième et troisième positions. Joris Daudet, Sylvain André et Romain Mahieu, chacun médaillé, regardant depuis le podium trois drapeaux tricolores se hisser le long des hampes. Mythique. Cet après-midi-là, j'étais au stade de France avec Constance pour des épreuves d'athlétisme, et j'ai suivi leur finale sur mon téléphone, en rentrant à la maison à vélo. J'étais tellement absorbé par leur exploit que j'aurais pu foncer dans une rubalise tendue au travers de la route si Constance n'avait pas crié « Attention, Matthias ! » Une dinguerie, ces Jeux Olympiques, cette effervescence autour du sport en général et surtout du nôtre. Dans les médias, sur les réseaux sociaux, en ville, le BMX a été omniprésent et je suis convaincu que de nombreux jeunes demanderont bientôt à leurs parents de leur acheter un vingt pouces après avoir vu les succès de nos riders, goûté à l'ambiance du parc urbain, participé à une initiation ou regardé une démonstration. J'espère qu'ils trouveront en lui un simple loisir ou bien une passion, un moyen d'expression, une façon moins conventionnelle de s'épanouir via une activité physique. Qui sait, peut-être que parmi eux certains envisageront d'en faire une pratique viscérale, quotidienne, leur sport, de reprendre le flambeau de cette communauté à qui je dois tant. Quant au flat à proprement parler, je ne sais pas encore s'il pourra faire son entrée dans l'univers très sélectif de l'olympisme, à Los Angeles en 2028, ni même par la suite. En tout cas, depuis que cette discipline est née, jamais durant quinze jours autant de personnes n'ont vu de riders danser sur leur monture, tourner, virevolter, atterrir sur leur pegs, créer des tricks époustouflants tels des artistes sur deux roues. Une chose est sûre et j'en suis fier : le sport avec lequel je me suis construit n'est plus confidentiel, la minuscule mare du BMX a fait son temps. Le petit vélo est devenu grand.

Remerciements

Un grand merci du fond du cœur au Bicycle Motocross et à sa communauté pour cette vie trépidante.

Merci à Constance, la boss du fin de jeu des femmes, et à Eliott, ma petite boussole.

Merci à Papa et Maman pour leur soutien infaillible et sensible pendant toutes ces années, à Lea et Laurie, mes sœurs que j'admire plus que tout, à Gaël mon neveu et à la petite nouvelle de la famille, Albane. Une énorme bise au reste de la famille Dandois, Delaigue, Cosset, Raquin, Dessane… À mes beaux-parents, Witold et Catherine, ainsi qu'à mon beau-frère FX, qui m'ont accueilli les bras ouverts dans la famille Jablonski.

Je remercie tous mes potes du BMX et d'ailleurs : Alex, Élodie, Raph, Repier, Arnaud, Alexis, Kang, Alain, Maxoupatou, Mikael, Perrine, Corentin, Dennis, Christian, Hirmane, Julien, Mayol, Travis, Hervé, Bibi, Frank, Darryl, Corey, Kris, Mathieu,

Benoît, Aurelio, Erwann, Jimmy, Lionel, Eisa, Terry, Ucchie, Varo, Bo, Martti, Viki, Johann, Olivier, Maxime, Lily, Anatole, Axelle, Lotfi et tous les autres…

Mon Guigui, sans qui je ne ferais pas grand-chose, Jordan mon coach, Azdine mon physio, Stephen mon nutritionniste et toute l'équipe de l'APC qui me garde dans les meilleures conditions physique et mentale.

Mes partenaires, bien sûr, et surtout les gens derrière ces marques avec qui j'ai la chance d'avoir d'aussi belles relations depuis parfois plus de quinze ans : Maureen et Tom chez Red Bull, Olivia et Yoh chez Swatch, Steve, Colin et Mapstone chez Vans, Audrey chez Dockers, Émilien chez Mini, Josh chez Haro, Ben et Lina chez Hipro, Claudio, Flora et Aiyoub chez Orange, Guillaume au Slip Français, Erwann chez Le Gramme, DNA et Elite models, mes associés à La Farm : Ludo, Mika, Dropsy, Christophe, Antoine, Quentin et Dimitri.

Les photographes, filmeurs et techniciens chez ASI Media : Lily, Repier, Lotfi, Axel, Christian, Alex, Crazy et tous les autres, l'équipe de *Bicross Magazine*, les équipes de Paris 2024 pour cette opportunité incroyable et la mairie de Paris pour son soutien (un salut affectueux à Pierre et Anne), un coucou également aux équipes d'Eurosport, et un grand merci à tous ceux qui œuvrent pour le

BMX et plus largement le sport en France et dans le monde.

Et bien sûr, pour finir, un énorme merci à Franck Berteau et aux Éditions Flammarion de m'avoir accompagné et aidé à écrire ce livre : c'était un exercice psychologique et introspectif exceptionnel, qui m'a économisé quinze ans de thérapie.

Ha oui, et merci à Évelyne Thomas aussi !

Vive le BMX, vive la diversité, et aimez-vous !

Table

NORD COMPO
multimédia

Composition et mise en pages
Nord Compo à Villeneuve-d'Ascq

CET OUVRAGE
A ÉTÉ ACHEVÉ D'IMPRIMER
SUR ROTO-PAGE
PAR L'IMPRIMERIE FLOCH
À MAYENNE EN OCTOBRE 2024

N° d'édition : 635364-0. N° d'impression : 105670
Dépôt légal : octobre 2024
Imprimé en France